他力の五七五

「正信偈」・和讃・『歎異抄』に聞く

橋本半風子

装画　橋本　静

はじめに

仏教の目指すものは「生死出離《しょうじしゅつり》」にあります。「生死」とは迷いのことであり、「出離」とは証《さと》り（悟り）のことです。

「人生は苦だ」と言ってしまうと、なんと消極的な、なんと後ろ向きな、なんと暗い、なんとネガティヴな生き方なのかと言う方もおられますが、実はここが最大のポイントであり眼目《がんもく》なのです。

それでは、なぜ生きることが苦なのかについて少し考えてみましょう。

人生には楽しいことがいっぱいあるではないか、生まれてこの方、もちろん苦しいこともいっぱいあったが、ものは考えようで、むしろ楽しいことの方が多かったのではないかとおっしゃる方は沢山おられます。私自身も実はつい最近までそう思っていました。厳密に言えば定年前後まではそう思っていたのです。

つまり、お釈迦《しゃか》様がおっしゃる「人生は苦である」というお言葉をいくら沈思黙考《ちんしもっこう》しても、その結論に至りません。なぜ人生は苦であると言い切れるのか。なぜ人生のすべてが苦であると言い切れるのか。少しは楽しいこともあるのにという思いに変わりはありませんでした。今から思えば無《む》明《みょう》と言うのでしょうか、全く気づいていなかったのです。

実はこの「生きることは苦である」という時の苦とは、思い通りにならないということだったのです。思い通りにならないから人生は苦だったのです。思い通りにならないから苦しまなければならなかったのです。思い通りにならないから、その結果が苦だったのです。つまりこの「苦」は結果だったのです。

これはもう自分で気づくのは全く無理というものです。楽しい人生を謳《おう》歌《か》する、快楽を称賛するといった生活態度からこのことに気づくのは、難《なん》中《ちゅう》の難《なん》であります。やはり先達《せんだつ》のお話を聞かせていただいて初めて気づかせていただく外《ほか》はないのであります。

思い通りにしたいという自分の都合は、うまくいった時は喜びの源泉《げんせん》となり、そうでない時は苦悩のもとになるのですが、実はうまくいった時の喜びというのは一時的なものです。一段落すればそれに満足することなくまた新たな、飽《あ》くなき挑戦が始まるのです。このことに際限《さいげん》はありません。これを貪欲《とんよく》といいます。

反対にうまくいかなかった時は腹立たしくなり、ついには怒り、瞋恚《しんに》となって、何で私だけがこんな目に遭わなければならないのかと、他人や世間のせいにしてしまうのであります。

さらにこの生活態度は、次のような視点ももたらします。

あの人はいい人だと言っても、自分の枠組み、自分の都合にとっていい人であったり、さらに言えば親はこうあるべきだ、隣人はこうでなければならない、隣国はこうでないといけない等々、自分の都合、自己中心性というフィルター・色眼鏡を通じてしかものを見ていないことに気づいていないのです。かてて加えて、自分という色が強ければ強いほど、濃ければ濃いほど、苦しみは大きくなってしまうのです。

この自己中心的な考えしか持てない、物事の本質を知らないこと、ありのままを見ることができないことを愚痴《ぐち》といいます。三毒《さんどく》の煩悩《ぼんのう》の中心です。智慧《ちえ》の反対です。

では、この苦しみや悩《なや》みを小さくするためには、どうすればよいか。

それにはその原因である自分の都合を小さくするしかありません。結果である苦しみや悩みをいくら小さくしようとしても、全く小さくなったり少なくなったりはしませんし、なくなりもしません。一時的に、楽しいことに取り組んでいる間だけは、忘れることができるかもしれませんが、根本的には無理です。

仏教はこれを因果律《いんがりつ》及び縁起《えんぎ》（因縁《いんねん》・条件）によって解決しようとしています。

その一つの方法が自力の修行による悟りです。つまり、

自分の都合を小さくする＝自己中心性を砕《くだ》く＝煩悩を断絶する＝出《しゅっ》家《け》して修行する＝自力で即身成仏《そくしんじょうぶつ》する

もう一つの方法が他力による救いです。

出家をしない＝普通の生活をしながら仏法に導かれる＝煩悩を抱《かか》えたまま仏様におまかせする＝他力により命終《みょうじゅう》に往生成仏《おうじょうじょうぶつ》する

前者は難行《なんぎょう》といわれるように、修行自体も成仏することも難しく、自力で成仏されたのはお釈迦様だけといわれています。よって一般的には自力では悟れません。

（註）自力で悟ったとされる方は、各宗派ごとにはおられます。
天台宗＝最澄　真言宗＝空海　曹洞宗＝道元　臨済宗＝栄西　等

後者は易行《いぎょう》といわれますが、お念仏を称《とな》えることが行《ぎょう》なのです。これが法然聖人《ほうねんしょうにん》の称名念仏《しょうみょうねんぶつ》です。

法然聖人は、阿弥陀仏《あみだぶつ》が他の行を捨てて南無阿弥陀仏を選び取られた（選択《せんじゃく》）のであり、しかもその南無阿弥陀仏には、願《がん》と行《ぎょう》がそなわっているので、そのお念仏をわたしが称えることによって、つまりお念仏一つでお浄土に往生できるのであると説かれました。法然浄土教の誕生です。

生きること自体が大変であり、その上にお寺を建立《こんりゅう》したり、寄進をしたり、修行をしたりといったことのできる一部の人のみが救われると思われていた時代に、お念仏を称えるだけで救われるのだというのですから、みんなが飛びつくのは当たり前です。聖道門《しょうどうもん》全盛の時代ですから、お念仏を称えることの容易さを強調された教えにはなっています。しかしこれは、実はお坊さん向けのメッセージでもあったわけです。

わたしの往生と成仏を仏様にお願いするのではなく、仏様がわたしに〝どうぞ救わせてくれ〟と願われているのがお念仏なのです。要は、自分の都合は自分では超えられませんし、自己中心性は如何《いかん》ともしがたいので、この断絶できない煩悩を抱えたままの仏道《ぶつどう》、つまり普通の生活、日常生活をやりながら仏道を歩むことを説かれたのが、浄土教の教えなのであります。

以下、この法然聖人の浄土教を正しく継承相続し、極められた親鸞《しんらん》聖人《しょうにん》の教義について「正信念仏偈《しょうしんねんぶつげ》」（本文は『浄土真宗聖典勤行集』による）、『正像末和讃《しょうぞうまつわさん》』（本文は『浄土真宗聖典註釈版』による）、それに『歎異抄《たんにしょう》』（本文は『浄土真宗聖典註釈版』による、一部コメントは『同　現代語版』による）をご縁として、仏法の真髄《しんずい》に気づかせていただくべく、自見《じけん》の覚語《かくご》に陥《おちい》りながらも〝他力の五七五〟を紡《つむ》いでいきたく存じ上げます。

なお、俳句での表現力不足を補うため、自身によるコメントを記載させていただいております。どうぞよろしくお付き合いのほどお願い申し上げます。

南無阿弥陀仏

令和三年四月二十一日　　孫・橋本 蓮　五歳の誕生日を祝して

橋本半風子

目次

第一部

「正信念仏偈」に聞く

〈帰敬序《ききょうじょ》①〉

帰《き》命《みょう》無《む》量《りょう》寿《じゅ》如《にょ》来《らい》

無量寿《むりょうじゅ》の如来《にょらい》に帰命《きみょう》アマリリス

夏の初め、街中《まちなか》のわが小さな庭先に深紅《しんく》のアマリリスが最初は二輪、しばらくしてもう二輪、都合四輪咲いてくれた。四十年ほど前におふくろが田舎から持ってきたのだと家内は言う。「帰命《きみょう》無量寿如来《むりょうじゅにょらい》」とは、限りない寿命の徳を持つ如来の勅命《ちょくめい》に従って生きていくことだと親鸞聖人《しんらんしょうにん》はおっしゃっています。如来の勅命とは、わが救いを信ぜよとの仏の仰《おお》せであります。「『帰命』は南無《なも》なり」（『尊号真像銘文《そんごうしんぞうめいもん》』）、つまり「信心」と同じ意味なのだと。

〈帰敬序②〉

南《な》無《も》不《ふ》可《か》思《し》議《ぎ》光《こう》

不可思議光南無阿弥陀仏蓮白し《ふかしぎこうなもあみだぶつはす》

「複雑は単純なりブロッコリー」と詠《よ》まれた「藍生《あおい》俳句会」主宰・黒田杏子《ももこ》門下の逸材の句、いまだに印象に残っています。今を時めくＴＶでおなじみのこれまた黒田門下の夏井いつき氏も絶賛するに違いない。不可思議《ふかしぎ》なる光明《こうみょう》の徳を持つ仏に、南無阿弥陀仏と帰依《きえ》したてまつれば、衆生《しゅじょう》は間違いなく蓮台《れんだい》からお浄土に往《ゆ》き生まれることができ、即成仏《そくじょうぶつ》が可能な身にしていただけると親鸞聖人《しんらんしょうにん》は仰《おお》せであります。煩悩《ぼんのう》は命終《みょうじゅう》まで消えませんが、そのままのお救いなのだと。

〈依《え》経《きょう》段《だん》 弥《み》陀《だ》章《しょう》 本《ほん》願《がん》建《こん》立《りゅう》①〉

法《ほう》蔵《ぞう》菩《ぼ》薩《さつ》因《いん》位《に》時《じ》
在《ざい》世《せ》自《じ》在《ざい》王《おう》仏《ぶっ》所《しょ》
覩《と》見《けん》諸《しょ》仏《ぶつ》浄《じょう》土《ど》因《いん》
国《こく》土《ど》人《にん》天《でん》之《し》善《ぜん》悪《まく》

法《ほう》蔵《ぞう》の因《いん》位《に》時《じ》観《と》見《けん》額《がく》の花

先述の庭には紫陽花《あじさい》が今を盛りとばかりに何とも言えない紫色の軟《やわ》な毬状《まりじょう》の花を咲かせており、もう一方はいわゆるガクアジサイです。心を和《なご》ませてはくれますが、別名四葩《よひら》とも七変化《しちへんげ》ともいわれます。物事の本質を見るためには、結果からだけではなくその原因から経緯・成り立ちを明らかにする必要があります。阿《あ》弥陀仏《みだぶつ》（果《か》）の前身である法蔵菩薩《ほうぞうぼさつ》（因《いん》）が、世自在王仏《せじざいおうぶつ》の導きによってお浄土の成り立ちや人々等の善悪をお見通しになり願《がん》をお建てになったのだと。

〈依経段　弥陀章　本願建立②〉

建《こん》立《りゅう》無《む》上《じょう》殊《しゅ》勝《しょう》願《がん》
超《ちょう》発《ほつ》希《け》有《う》大《だい》弘《ぐ》誓《ぜい》
五《ご》劫《こう》思《し》惟《ゆい》之《し》摂《しょう》受《じゅ》
重《じゅう》誓《せい》名《みょう》声《しょう》聞《もん》十《じっ》方《ぽう》

立葵五劫の思惟大弘誓《たちあおいごこうのしゆいだいぐぜい》

残念ながら拙宅には立葵《たちあおい》はございません。しかしウォーキングの道すがら見かけたその三メートルにも及ばんとする勇ましい姿は、戦国時代の早馬伝令兵の旗印を彷彿《ほうふつ》とさせずにはおきません。法蔵菩薩《ほうぞうぼさつ》は五劫《ごこう》という永い間思惟《しゆい》を重ね、十方衆生《じっぽうしゅじょう》救済のためいかなる仏になり、いかなる浄土を建立《こんりゅう》し、いかにして衆生を往生《おうじょう》させるかについての願《がん》を選び取られました。これが四《し》十八《じゅうはち》の誓願《せいがん》であります。仏の救いの深さは、人間の闇の深さに正比例するということです。

〈依経段　弥陀章　本願成就《ほんがんじょうじゅ》①〉

普《ふ》放《ほう》無《む》量《りょう》無《む》辺《へん》光《こう》

無《む》辺《へん》光《こう》逃《に》ぐる蜥蜴《とかげ》も追《お》はへとり

光は目に見えるそれではなく、阿弥陀仏《あみだぶつ》の智慧《ちえ》のはたらきを表していています。例えば難題や悩《なや》みが解決した時、目の前が明るくなったと表現したりしますが、同じように精神的かつ象徴的に光を表現したものです。阿弥陀仏の際限《さいげん》のない深いお智慧、無分別智《むふんべっち》と自他の区別のない同体《どうたい》のお慈悲《じひ》で救い取ってくださることを、比喩的に表現したものです。日陰へ日陰へと逃げてゆく、つまり仏法《ぶっぽう》に背を向けてしか生きてゆけないわたしが救いのお目当てなのです。

〈依経段　弥陀章　本願成就②〉

無《む》碍《げ》無《む》対《たい》光《こう》炎《えん》王《のう》
清《しょう》浄《じょう》歓《かん》喜《ぎ》智《ち》慧《え》光《こう》
不《ふ》断《だん》難《なん》思《じ》無《む》称《しょう》光《こう》

蝮蛇《まむし》こそ無碍《むげ》の光明《こうみょう》いただきぬ

マムシは見たことはあるが咬《か》まれたことはない。殺傷力が強いので人に怖がられ嫌がられてもいる一方、薬用、特に強壮剤としてその生き血を飲む人もいる。マムシも人が怖いのだ。「善人なほもつて往生《おうじょう》をとぐ。いはんや悪人をや」、『歎異抄《たんにしょう》』第三条。ここでの悪人の悪とは、常識的な悪ではなく、人間であることの罪の深さというか、親鸞聖人がおっしゃる罪悪深重《ざいあくじんじゅう》・煩悩熾盛《ぼんのうしじょう》、つまり自己中心的思考によるところの「われは善なり、なんじは悪なり」という思考自体のことです。

〈依経段 弥陀章 本願成就③〉

超《ちょう》日《にち》月《がっ》光《こう》照《しょう》塵《じん》刹《せつ》

一《いっ》切《さい》群《ぐん》生《じょう》蒙《む》光《こう》照《しょう》

土蜘蛛《つちぐも》も超日月光《ちょうにちがっこう》蒙《む》れり

この自己中心性から一歩も出られないわたし、そんなあさましく悪い心に妨《さまた》げられることなく、つまり煩悩《ぼんのう》を持ったままのすべての人々をお救いくださる無碍光仏《むげこうぶつ》は、太陽や月の光をも超えすぐれた光なのですから、たとえ土蜘蛛《つちぐも》のように土中にいたとしても、さらには輪廻転生《りんねてんしょう》して迷いづめに迷っていたとしても、この今生《こんじょう》において、間違いなくお救いいただけるのであります。教えを聞くことによって目に見えない仏の光に遇《あ》うことが「聞《もん》見《けん》」「聞光《もんこう》」なのです。

〈依経段　弥陀章　本願成就④〉

本《ほん》願《がん》名《みょう》号《ごう》正《しょう》定《じょう》業《ごう》

名号《みょうごう》というは本願《ほんがん》海《かい》の夏

滋賀県という琵琶湖《びわこ》しかない内陸部で生まれたため永い間、海というものを知らずにいた。初めて海を見たのは小学六年で卒業旅行の定番お伊勢《いせ》さんを訪れた時である。琵琶湖では対岸の山々が見えるが、海は水平線のみ。名号《みょうごう》とは阿弥陀仏《あみだぶつ》のお名前のこと。本願《ほんがん》という如来《にょらい》の願いが具体化したものが名号です。衆生《しゅじょう》を例外なく無条件で救うという如来の願いが、待ちきれずに南無阿弥陀仏となって、もうすでに届いてくださっています。

〈依経段　弥陀章　本願成就⑤〉

至《し》心《しん》信《しん》楽《ぎょう》願《がん》為《に》因《いん》

信楽《しんぎょう》は信心なりと夏の雨

滋賀に信楽《しがらき》という場所があり、信楽焼で有名である。しかしこ
この読み方は「しんぎょう」で、信心と同じ意味です。この信
心は、自分自身が作り出す自力のはからいである能力に応じた信
心ではなく、阿弥陀仏《あみだぶつ》が仕上げられた往生成仏《おうじょうじょうぶつ》の因《いん》である信心
であり、如来回向《にょらいえこう》の信心をたまわるのであります。源信和尚《げんしんかしょう》の
お受け止めは「雨の堕《お》つるに、山の頂《いただき》に住《とど》まらずしてかならず
下《くだ》れる処《ところ》に帰《き》するがごとし」、つまり底下《ていげ》の位置で聞信《もんしん》しなけれ
ばならないと。

〈依経段　弥陀章　本願成就⑥〉

成《じょう》等《とう》覚《がく》証《しょう》大《だい》涅《ね》槃《はん》

炎天《えんてん》に等覚《とうがく》いただく正定聚《しょうじょうじゅ》

印象に残っている一句、「炎天《えんてん》に行くといふのに来るといふ」詠《よ》み人知らず。いつでもどこでもだれにでも、如来《にょらい》の名告《なの》りである南無阿弥陀仏が「南無せよ、救う」という喚《よ》び声となってもうすでに先手で届いているのであります。それをそのまま素直に聞けば、それが信心であり、他力回向《たりきえこう》の信なのです。この信を得た時の利益《りやく》の中心が現生正定聚《げんしょうしょうじょうじゅ》であります。〝必ず仏と成ることに決定《けつじょう》しているともがらに入る〟という利益、これが等覚《とうがく》の位《くらい》に定まるということ。

〈依経段 弥陀章 本願成就⑦〉

必《ひっ》至《し》滅《めつ》度《ど》願《がん》成《じょう》就《じゅ》

願成就滅度《がんじょうじゅめつど》に至る夏の朝

　現生正定聚《げんしょうしょうじょうじゅ》がこの世で信を得た時に得られる利益《りやく》、つまり現益《げんやく》なのに対して、往生即成仏《おうじょうそくじょうぶつ》、つまり浄土に生まれると同時に仏の証《さと》りを開くという利益が当益《とうやく》、これは命終えてからの利益です。なぜそんな利益が得られるのか。これも無論衆生《しゅじょう》の力で得られるものではありません。阿弥陀如来《あみだにょらい》の功徳《くどく》のそなわった名号《みょうごう》を素直に受け入れることによって得られる現生の正定聚なのですから、この証りの仏果《ぶっか》も当然如来の願力《がんりき》によるものであります。

〈依経段　釈迦章　出世《しゅっせ》本懐《ほんがい》①〉

如《にょ》来《らい》所《しょ》以《い》興《こう》出《しゅっ》世《せ》

唯《ゆい》説《せつ》弥《み》陀《だ》本《ほん》願《がん》海《かい》

秋彼岸他力回向の本願海《あきひがんたりきえこうのほんがんかい》

この時期から冬にかけてあちこちで報恩講《ほうおんこう》が行われます。親鸞《しんらん》聖人《しょうにん》の遺徳《いとく》をしのぶ、つまりは仏恩報謝《ぶっとんほうしゃ》の法要であります。此《し》岸《がん》から彼岸《ひがん》に渡してもらうには、阿弥陀仏《あみだぶつ》の願船《がんせん》に乗せていただくしかすべがありません。この阿弥陀仏のはたらきによって行《ぎょう》も信《しん》も証《しょう》も与えられることを他力回向《たりきえこう》といいます。聖人は「われら衆生《しゅじょう》の信は弥陀の願《がん》よりおこるなり」とおっしゃっています。この深く広大なるお慈悲《じひ》、本願海《ほんがんかい》によって救われるのであります。

〈依経段　釈迦章　出世本懐②〉

五濁《ごじょく》悪時《あくじ》群生海《ぐんじょうかい》

応信《おうしん》如来《にょらい》如実言《にょじつごん》

群生海《ぐんじょうかい》枝豆ちぎる同窓会

高校の同窓会。同年会は少なくとも春秋の年二回、全学年会も年二回、ゴルフも入れると年十二回は参加。先日の同年会では、ご奇得《きとく》にも枝豆一畝《いっせ》まるごとご提供いただき、大袋いっぱいのお土産《みやげ》と幸せをいっぱいいいただいて帰りました。群生海《ぐんじょうかい》に生きとし生きるものすべての本当の幸せは、まだ見ぬ未来にあるのでもなく、過ぎ去った過去にあったわけでもなく、いまここにあるのですが、ひどい濁《にご》りのために見えない、気づかせてもらえないだけなのです。

〈依経段　釈迦章　信受利益《しんじゅりやく》①〉

能《のう》発《ほっ》一《いち》念《ねん》喜《き》愛《あい》心《しん》

不《ふ》断《だん》煩《ぼん》悩《のう》得《とく》涅《ね》槃《はん》

秋深し不断煩悩《ふだんぼんのう》ありのまゝ

氷は解けて水になります。「罪障功徳《ざいしょうくどく》の体《たい》となる　こほりとみづのごとくにて　こほりおほきにみづおほし　さはりおほきに徳おほし」と和讃《わさん》にありますように、煩悩《ぼんのう》は臨終《りんじゅう》までなくなりませんが、南無阿弥陀仏のはたらきによって煩悩の氷は解け、菩提《ぼだい》の水に転ぜられるのであります。後生《ごしょう》には往生成仏《おうじょうじょうぶつ》する身と決定《けつじょう》している仲間に入れていただけるのだと味わっていくことが本当の幸せなのだと、いま気づかせていただきました。

〈依経段　釈迦章　信受利益②〉

凡《ぼん》聖《じょう》逆《ぎゃく》謗《ほう》斉《さい》回《え》入《にゅう》

如《にょ》衆《しゅ》水《しい》入《にゅう》海《かい》一《いち》味《み》

秋の潮聞其名号海一味《しをもんごみょうごうかいいちみ》

周辺の山々から琵琶湖《びわこ》へと流れる水も、あらゆる河川《かせん》の水は最終的にはすべて海へ流れ込み一つの味になるように、南無阿弥陀仏のいわれを聞いたものは、だれでも本願海《ほんがんかい》に入れば平等に救われるのであります。「唯除五逆誹謗正法《ゆいじょごぎゃくひほうしょうぼう》」とありながらすべてのものを救うとは、私のロジックでは理解不能です。除くのですから排除としか理解できません。わざわざおっしゃってあるのは、必ず謗法《ほうぼう》などをやってしまうからであります。救いのお目当ては悪人たるわたしでした。

〈依経段　釈迦章　信受利益③〉

摂取《せっしゅ》心光《しんこう》常照護《じょうしょうご》

冬の湖《うみ》照らしてすくふ阿弥陀仏《あみだぶつ》

琵琶湖《びわこ》には「西《にし》の湖《こ》」いう内湖《ないこ》がある。ここの夕陽は格別である。同窓である湖北《こほく》の女流カメラマンのご要望通りのシチュエーション。暮れなずむ比叡山《ひえいざん》と八幡山《はちまんやま》、沈む冬の夕陽に照らされた情景は、お浄土かと思うほど。彼女による私と家内とのシルエット写真、早速年賀状に採用させていただきました。親鸞聖人《しんらんしょうにん》は、「念仏の衆生《しゅじょう》をみそなはし　摂取《せっしゅ》してすてざれば　阿弥陀《あみだ》となづけたてまつる」と、このお救いのはたらきを、阿弥陀という名前のいわれとされるのであります。

〈依経段　釈迦章　信受利益④〉

已《い》能《のう》雖《すい》破《は》無《む》明《みょう》闇《あん》

冬の雲摂取《せっしゅ》の光障《さわ》りなし

雪雲に覆《おお》われる冬空の下でも、太陽の光がある限り明るく、闇はありません。親鸞聖人《しんらんしょうにん》は摂取《せっしゅ》について「摂《おさ》めとる。ひとたびとりて永く捨てぬなり。摂《せつ》はものの逃《に》ぐるを追《お》はへとるなり。摂はをさめとる、取《しゅ》は迎《むか》へとる」と左訓《さくん》されています。よって煩悩《ぼんのう》の雲に覆われてはいますが阿弥陀仏《あみだぶつ》の摂取不捨《せっしゅふしゃ》というお救いの障《さわ》りにはならないと味わわせていただいております。私はこの「摂取不捨」という『観経《かんぎょう》』（観無量寿経《かんむりょうじゅきょう》）のお言葉になぜか無性《むしょう》に魅《ひ》かれてしまっています。

〈依経段 釈迦章 信受利益⑤〉

貪《とん》愛《ない》瞋《しん》憎《ぞう》之《し》雲《うん》霧《む》
常《じょう》覆《ふ》真《しん》実《じつ》信《しん》心《じん》天《てん》
譬《ひ》如《にょ》日《にっ》光《こう》覆《ふ》雲《うん》霧《む》
雲《うん》霧《む》之《し》下《げ》明《みょう》無《む》闇《あん》

冬の河渡る足元道白し

貪《むさぼ》りや愛欲の心である水の河、怒りや憎《にく》しみの心である火の河を、今まさに渡ろうとしている念仏者にとって、たった四、五寸《すん》の狭き路《みち》が、実は大道《だいどう》であり白道《びゃくどう》なのであります。起こりづめの煩悩《ぼんのう》を抱《かか》えたままの凡夫《ぼんぶ》は、阿弥陀仏《あみだぶつ》のお救い、つまりお浄土への道が間違いないものであるという疑いのない信心、つれて往《ゆ》くぞの弥陀の喚《よ》び声、仰《おお》せに随順《ずいじゅん》するのみであります。往くことも戻ることも留《とど》まることもできない凡夫には、仏への憑託《ひょうたく》あるのみなのです。

〈依経段　釈迦章　信受利益⑥〉

獲《ぎゃく》信《しん》見《けん》敬《きょう》大《だい》慶《きょう》喜《き》

信《しん》獲《え》ても泥のままなり報《ほう》恩《おん》講《こう》

　南無阿弥陀仏は「これすなはちわれらが往生《おうじょう》の定まりたる証拠なり。されば他力の信心獲得《ぎゃくとく》すといふも、ただこの六字のこころなり」と蓮如上人《れんにょしょうにん》。もともと信心は、あるとかないとか信仰の有無と混同されたり、衆生《しゅじょう》の努力なり修行なりの成果ととらえられていました。しかし、仏とわたしの関係はギブアンドテイクのそれではなく、阿弥陀仏《あみだぶつ》の本願成就《ほんがんじょうじゅ》のたまものを、無条件に頂戴いたすのみであります。おかげさまの生活そのものが仏《ぶっ》恩報謝《とんほうしゃ》といただいております。

〈依経段　釈迦章　信受利益⑦〉

即《そく》横《おう》超《ちょう》截《ぜつ》五《ご》悪《あく》趣《しゅ》

横さまに超《こ》ゑし迷《まよ》ひの山眠る

煩悩《ぼんのう》を抱《かか》えたままの衆生《しゅじょう》が煩悩を断ずることなく迷いの世界を超えていくことは、常識ではあり得ないことです。蓮如上人《れんにょしょうにん》は「願力不思議《がんりきふしぎ》のゆゑに、すなはちよこさまに自然《じねん》として地獄《じごく》・餓鬼《がき》・畜生《ちくしょう》・修羅《しゅら》・人《にん》・天《てん》のきづなを截《き》るといへるこころなり」と仰《おお》せであります。これは自らの力で煩悩を断じて迷いを超えようとする自力の仏道《ぶつどう》ではなくて、煩悩を持ったままの凡夫《ぼんぶ》が阿弥《あみ》陀仏《だぶつ》の願力によって救われるという他力の仏法なのであります。

〈依経段　釈迦章　信受利益⑧〉

一切《いっさい》善悪《ぜんまく》凡夫人《ぼんぶにん》

聞信《もんしん》如来《にょらい》弘誓願《ぐぜいがん》

聞信《もんしん》のみ教へ深し冬の山

親鸞《しんらん》教義を一言で言えば聞信《もんしん》のみ教えです。「聞其名号信心歓《もんごみょうごうしんじんかん》喜《ぎ》」、そのおいわれをお聞きすることが信心であり、無条件のお救い、つまりそのままでのお救いなのです。素のままの衆生《しゅじょう》＝煩悩具足《ぼんのうぐそく》の凡夫《ぼんぶ》。賢くなったり偉くなったりして救われるのではありません。別種の人間に変わって救われるのではないのです。

その証拠が南無阿弥陀仏であります。弥陀《みだ》のお智慧《ちえ》とお慈悲《じひ》をいただくのであります。阿弥陀仏《あみだぶつ》に帰依《きえ》すること、おまかせすることが他力回向《たりきえこう》、他力の信心なのです。

〈依経段　釈迦章　信受利益⑨〉

仏《ぶつ》言《ごん》広《こう》大《だい》勝《しょう》解《げ》者《しゃ》

極月《ごくげつ》や仏ほめたまふ念仏者

　自力心はなかなかしぶといですから、自分で此岸《しがん》から彼岸《ひがん》に渡ろうと善行《ぜんぎょう》に努め徳を積んで論功行賞《ろんこうこうしょう》にあずかろうと励むのです。この迷いの深追いをやめ、阿弥陀《あみだ》様の光に照らされ、〝ああそうでございましたか〟とおのれの姿に気づかされますと、いつでもどこでもだれでもが他人事ではなく、いまここにいるわたしのことだと頂戴し味わわせていただけるのであります。いま生きているこの現生《げんしょう》において救われる＝お浄土往《ゆ》きが定まるのです。

〈依経段 釈迦章 信受利益⑩〉

是《ぜ》人《にん》名《みょう》分《ふん》陀《だ》利《り》華《け》

枯《か》れ蓮《はす》の茎《くき》も根もとも白蓮華《びゃくれんげ》

この回心《えしん》は一生に一度起こるだけであるといわれます。何かみ仏のみ教えに背《そむ》くような思いとか行為に気づくたびに行う反省や慚愧《ざんぎ》ないしは懺悔《ざんげ》をいうのではありません。つまり心を翻《ひるがえ》す、厳密には翻るのでありますから、これも自分で起こすのではなく、如来《にょらい》よりたまわるのであります。弥陀《みだ》の願力《がんりき》、光に照らされて初めて気づかせていただくのであります。よって翻して弥陀におまかせすることを、自力の心を捨てる、つまり回心というのであります。

〈依経段　釈迦章　信《しん》受《じゅ》甚《じん》難《なん》〉

弥《み》陀《だ》仏《ぶつ》本《ほん》願《がん》念《ねん》仏《ぶつ》
邪《じゃ》見《けん》憍《きょう》慢《まん》悪《なく》衆《しゅ》生《じょう》
信《しん》楽《ぎょう》受《じゅ》持《じ》甚《じん》以《に》難《なん》
難《なん》中《ちゅう》之《し》難《なん》無《む》過《か》斯《し》

雪の径《みち》おごりあなどりいとせまし

地球は私を中心に回っている、世界は私のためにある、とまでは思っていなくとも、私は偉い、賢い、上手だと相対的に、つまり他人と比較して悦に入っている時があるのは、果たして私だけでしょうか。この場合、他人をほめていても、立ち位置は同じです。あんたの値うちがわかるほど偉い私なのだと。つまりどこまでいっても自己中心性から抜け出られないのであります。このような衆生《しゅじょう》が、往生《おうじょう》だけは阿弥陀《あみだ》様におまかせしなければとは、なかなか気づかせていただけないのであります。

〈依釈段　総《そう》讃《さん》七《しち》祖《そ》〉

印《いん》度《ど》西《さい》天《てん》之《し》論《ろん》家《げ》
中《ちゅう》夏《か》日《じち》域《いき》之《し》高《こう》僧《そう》
顕《けん》大《だい》聖《しょう》興《こう》世《せ》正《しょう》意《い》
明《みょう》如《にょ》来《らい》本《ほん》誓《ぜい》応《おう》機《き》

〈依釈段　龍《りゅう》樹《じゅ》章《しょう》①〉

釈《しゃ》迦《か》如《にょ》来《らい》楞《りょう》伽《が》山《せん》
為《い》衆《しゅ》告《ごう》命《みょう》南《なん》天《てん》竺《じく》
龍《りゅう》樹《じゅ》大《だい》士《じ》出《しゅっ》於《と》世《せ》
悉《しつ》能《のう》摧《ざい》破《は》有《う》無《む》見《けん》

釈迦如来龍樹讃歎虎落笛《しゃかにょらいりゅうじゅさんだんもがりぶえ》

　そもそも釈尊《しゃくそん》がこの世に出られた本意は、阿弥陀仏《あみだぶつ》の本願《ほんがん》を説くためであり、わたしたち凡夫《ぼんぶ》はこの阿弥陀仏の本願によってこそ救われるのだとインドの菩薩《ぼさつ》方や中国と日本の高僧方が明らかにしてくださいました。そして釈尊は楞伽山《りょうがせん》で龍樹菩薩《りゅうじゅぼさつ》の出現を予言され、「有るとか無いとかにとらわれた邪見《じゃけん》を論破《ろんぱ》し、尊《とうと》い大乗《だいじょう》の法を説き、成仏《じょうぶつ》までの四十一番目＝初地《しょじ》つまり歓喜《かんぎ》地《じ》に至り、阿弥陀仏の浄土に往生《おうじょう》するであろう」と仰《おお》せになったのです。

〈依釈段　龍樹章②〉

宣《せん》説《ぜつ》大《だい》乗《じょう》無《む》上《じょう》法《ほう》

証《しょう》歓《かん》喜《ぎ》地《じ》生《しょう》安《あん》楽《らく》

顕《けん》示《じ》難《なん》行《ぎょう》陸《ろく》路《ろ》苦《く》

数の子の数を数へし難行道《なんぎょうどう》

「仏教」とは「仏の教え」とも言えるが「仏に成る教え」の方がしっくりする。天台宗《てんだいしゅう》も真言宗《しんごんしゅう》も禅宗《ぜんしゅう》も、そして浄土宗も浄土真宗もその他の大方の諸仏教もその目的は成仏《じょうぶつ》であると聞いております。しかし、それぞれの祖師方のお考えにより、アプローチの差異のみならず言葉の定義すら異なっているのが実態であります。ただ、成仏までの五十二の階位を一歩一歩苦しい陸路を踏破《とうは》するごとく上っていく難行道《なんぎょうどう》は、私にとっては不可能かつ無効《むこう》の行《ぎょう》と言わざるを得ません。

〈依釈段　龍樹章③〉

信《しん》楽《ぎょう》易《い》行《ぎょう》水《しい》道《どう》楽《らく》

数の子のうまさ味はふ易行道《いぎょうどう》

その点、大きな船に乗せていただいて、歩行をしたり泳いだりする必要のない船旅は、何の苦も伴《ともな》うことなく楽しいものです。というのは、阿弥陀仏《あみだぶつ》の本願《ほんがん》を信じれば必ず仏と成ることが定まるからです。すべての衆生《しゅじょう》を救いたもうという誓願《せいがん》が成就《じょうじゅ》したのだとお釈迦《しゃか》様がお説きくださっています。この本願力《ほんがんりき》のはたらきによってこの願船《がんせん》が衆生を、此岸《しがん》から彼岸《ひがん》へ、穢土《えど》からお浄土へと渡らせてくださるのであります。

〈依釈段　龍樹章④〉

憶《おく》念《ねん》弥《み》陀《だ》仏《ぶつ》本《ほん》願《がん》

自《じ》然《ねん》即《そく》時《じ》入《にゅう》必《ひつ》定《じょう》

不《ふ》退《たい》転《てん》咲かぬ山《さ》茶《ざん》花《か》入《にゅう》必《ひつ》定《じょう》

わが田舎家の中庭に山茶花《さざんか》の老木が一本、無数の白い花を咲かせた後、庭一面をまるで初雪のごとくに埋め尽くすのを年初の務めとしていてくれたのでしたが、ついに蕾《つぼみ》を開花させぬまま立ち枯れとなりました。百歳か二百歳か樹齢は定かではありませんが、生きとし生きるもの＝有情《うじょう》＝衆生《しゅじょう》は必ずやお浄土に往《ゆ》き生まれさせていただけることだけは間違いがないのであります。現《げん》生《しょう》での正定聚《しょうじょうじゅ》を親鸞聖人《しんらんしょうにん》は不退転《ふたいてん》とおっしゃり、如来《にょらい》と等しく弥勒《みろく》に同じと言われました。

〈依釈段　龍樹章⑤〉

唯《ゆい》能《のう》常《じょう》称《しょう》如《にょ》来《らい》号《ごう》

応《おう》報《ほう》大《だい》悲《ひ》弘《ぐ》誓《ぜい》恩《おん》

〈依釈段　天親章《てんじんしょう》①〉

天《てん》親《じん》菩《ぼ》薩《さつ》造《ぞう》論《ろん》説《せつ》

帰《き》命《みょう》無《む》碍《げ》光《こう》如《にょ》来《らい》

一心《いっしん》と説きて無碍光牡丹《むげこうぼたん》の芽

わが狭きゴルフ練習場《ば》の片隅に、か弱き幹《みき》ながら毎年立派な数輪の花を咲かせてくれる牡丹、この寒風にもめげず数個の芽をつけていてくれる。釈尊《しゃくそん》の仰《おお》せに、二心《にしん》なく疑いがないのが一心《いっしん》と。「世尊我一心《せそんがいっしん》　帰命尽十方《きみょうじんじっぽう》　無碍光如来《むげこうにょらい》　願生安楽国《がんしょうあんらっこく》」と『浄土論《じょうどろん》』の偈文《げもん》で述べられた天親《てんじん》（世親《せしん》）菩薩《ぼさつ》は、兄無著《むじゃく》の勧《すす》めで小乗仏教《しょうじょうぶっきょう》から大乗仏教《だいじょうぶっきょう》に帰依《きえ》し、宣布一心《せんぷいっしん》は北天《ほくてん》の功《こう》と讃《たた》えられました。このご兄弟には奈良の興福寺北円堂《ほくえんどう》でお遇《あ》いしました。

〈依釈段　天親章②〉

依《え》修《しゅ》多《た》羅《ら》顕《けん》真《しん》実《じつ》

光《こう》闡《せん》横《おう》超《ちょう》大《だい》誓《せい》願《がん》

広《こう》由《ゆ》本《ほん》願《がん》力《りき》回《え》向《こう》

回向《えこう》さる本願力《ほんがんりき》も紅梅《こうばい》も

回向《えこう》とは回転趣向《えてんしゅこう》の義で、振り向けること、と。ここでは本願《ほんがん》力回向《りきえこう》、つまり阿弥陀仏《あみだぶつ》が本願力をもってその功徳《くどく》を衆生《しゅじょう》に振り向けること。往相回向《おうそうえこう》は阿弥陀仏によって振り向けられた功徳でもって、衆生がお浄土に往《ゆ》き生まれるすがたであり、還相回向《げんそうえこう》は往生成仏《おうじょうじょうぶつ》させていただいたものがこの穢土《えど》に還《かえ》って他の衆生を仏縁《ぶつえん》に遇《あ》わすべくはたらくすがたであります。よって往相回向も還相回向も、阿弥陀仏の本願力回向、他力回向、本願他力なのであります。

〈依釈段　天親章③〉

為《い》度《ど》群《ぐん》生《じょう》彰《しょう》一《いっ》心《しん》
帰《き》入《にゅう》功《く》徳《どく》大《だい》宝《ほう》海《かい》

伊勢《いせ》参り群生《ぐんじょう》すくひし大宝海《だいほうかい》

会社の同期八人で伊勢《いせ》・志摩《しま》・賢島《かしこじま》へ一泊二日の旅をしてきました。達者な七十七歳。お参りというよりは観光旅行に様変わり。親鸞聖人《しんらんしょうにん》が『正像末和讃《しょうぞうまつわさん》』で「かなしきかなや道俗《どうぞく》の　良《りょう》時《じ》・吉日《きちにち》えらばしめ　天神《てんじん》・地祇《じぎ》をあがめつつ　卜占祭祀《ぼくせんさいし》つとめとす」と詠《よ》まれた天神地祇（広い意味での天地の神々のこと）とは異なりますが、ガイド説明は伊勢神宮の由来と二十年ごとの式年《しきねん》遷宮《せんぐう》に終始した感があります。やはり名号《みょうごう》の功徳《くどく》は、英虞湾《あごわん》、伊勢湾をも包む大宝海《だいほうかい》であります。

〈依釈段　天親章④〉

必《ひつ》獲《ぎゃく》入《にゅう》大《だい》会《え》衆《しゅ》数《しゅ》

得《とく》至《し》蓮《れん》華《げ》蔵《ぞう》世《せ》界《かい》

即《そく》証《しょう》真《しん》如《にょ》法《ほっ》性《しょう》身《じん》

遊《ゆう》煩《ぼん》悩《のう》林《りん》現《げん》神《じん》通《ずう》

入《にゅう》生《しょう》死《じ》園《おん》示《じ》応《おう》化《げ》

夏近し生死《しょうじ》の海も屋久島《やくしま》も

わが田舎の旧家の八畳間天井板は屋久杉木板《やくすぎもくはん》で、今もその年輪の渦模様《うずもよう》はかなりの光沢《こうたく》を放っています。昭和四十六年までは屋久杉の伐採が行われており、明治初めの築である当家のそれは、やはり樹齢千年以上だと屋久島博物館の学芸員は言います。この迷い続けている凡夫《ぼんぶ》の見る世界である海も島も山も、信心さえいただけば、その迷いのままのお救いであると証知《しょうち》されるのでありますす。百年足らずのわが生命、数千年生き永らえた命、お浄土に往《ゆ》き生まれる永遠のいのち。

〈依釈段 曇《どん》鸞《らん》章《しょう》①〉

本《ほん》師《し》曇《どん》鸞《らん》梁《りょう》天《てん》子《し》
常《じょう》向《こう》鸞《らん》処《しょ》菩《ぼ》薩《さつ》礼《らい》
三《さん》蔵《ぞう》流《る》支《し》授《じゅ》浄《じょう》教《きょう》
焚《ぼん》焼《じょう》仙《せん》経《ぎょう》帰《き》楽《らく》邦《ほう》

行春《ぎょうしゅん》や曇鸞《どんらん》往《ゆ》きし玄中寺《げんちゅうじ》

天親菩薩《てんじんぼさつ》の『浄土論《じょうどろん》』を註釈した『往生論註《おうじょうろんちゅう》』を著した曇鸞《どんらん》大師《だいし》は、「後《のち》の学者、他力の乗ずべきことを聞きて、まさに信心を生ずべし。みづから局分《きょくぶん》することなかれ」と説かれたのであります。また大師は中国の玄中寺《げんちゅうじ》に入る前に、菩提流支《ぼだいるし》に出遇《であ》い、それまで学んでいた仙経《せんぎょう》を捨てて浄土の教えに帰《き》したといいます。天親の親と、曇鸞の鸞をいただかれた親鸞聖人《しんらんしょうにん》も『教《きょう》行信証《ぎょうしんしょう》』行文類《ぎょうもんるい》で「他力とは如来《にょらい》の本願力《ほんがんりき》なり」と「本願他力」を強調されているのであります。

〈依釈段　曇鸞章②〉

天《てん》親《じん》菩《ぼ》薩《さつ》論《ろん》註《ちゅう》解《げ》
報《ほう》土《ど》因《いん》果《が》顕《けん》誓《せい》願《がん》

因《いん》も果《か》も屋《や》久《く》杉《すぎ》の山桜咲く

屋《や》久《く》島《しま》の、思っていたよりも高級なホテルでくつろいでいると、どこかで聞いたことのある着メロ。なんとＰＥＩ（カナダのプリンスエドワード島）からです。あの「赤毛のアン」からか？いや、ここのところ六十数年振りにメール交換している幼馴染《おさななじ》みからでした。樹齢千年以上でないと屋久杉とはいわないそうです。縄文杉《じょうもんすぎ》は七千五百年、弥生杉《やよいすぎ》、紀元杉《きげんすぎ》で三、四千年。でも何千年何万年かかってもお浄土へは、自力では往《ゆ》けないのでありますます。

〈依釈段　曇鸞章③〉

往《おう》還《げん》回《ね》向《こう》由《ゆ》他《た》力《りき》

藤の花往《ゆ》くも還《かえ》るも他力なり

「他力」とは他人まかせにすることではありません。先述のように阿弥陀仏《あみだぶつ》の救済のはたらきのことなのです。そして回向《えこう》とは自らの功徳《くどく》を他に回《めぐ》らし向けることなのですが、ここでは阿弥陀仏が南無阿弥陀仏の名号《みょうごう》に、一切《いっさい》の功徳を込めてあらゆる衆生《しゅじょう》にお与えになるという意味です。人間の行為ではなく、あくまでも阿弥陀仏のはたらきなのです。浄土に往生《おうじょう》するのが往相回向《おうそうえこう》、往生成仏《おうじょうじょうぶつ》ののちこの世に還《かえ》ってきて人々を救うはたらきが還相《げんそう》回向《えこう》なのです。

〈依釈段 曇鸞章④〉

正定《しょうじょう》之《し》因《いん》唯《ゆい》信《しん》心《じん》
惑《わく》染《ぜん》凡《ぼん》夫《ぶ》信《しん》心《じん》発《ぽっ》
証《しょう》知《ち》生《しょう》死《じ》即《そく》涅《ね》槃《はん》
必《ひっ》至《し》無《む》量《りょう》光《こう》明《みょう》土《ど》
諸《しょ》有《う》衆《しゅ》生《じょう》皆《かい》普《ふ》化《け》

〈依釈段 道綽章《どうしゃくしょう》①〉

道《どう》綽《しゃっ》決《けつ》聖《しょう》道《どう》難《なん》証《しょう》
唯《ゆい》明《みょう》浄《じょう》土《ど》可《か》通《つう》入《にゅう》

青嵐禅師《あおあらしぜんじ》唯明《ゆいみょう》浄土門《じょうどもん》

道綽禅師《どうしゃくぜんじ》は、曇鸞大師《どんらんだいし》の住した中国は石壁山《せきへきざん》の玄中寺《げんちゅうじ》において、大師の碑を見て、自力修行の道を捨てて浄土の教えに帰依《きえ》されました。善導大師《ぜんどうだいし》も禅師の弟子になっておられます。禅師は『安楽集《あんらくしゅう》』を著わされ、聖道門《しょうどうもん》は自力の修行をしてこの生死《しょうじ》・輪廻《りんね》の世界で成仏《じょうぶつ》を目指す法門《ほうもん》であり、浄土門《じょうどもん》は他力をたのんで往生《おうじょう》し浄土での成仏を期する法門であると説かれました。どの教えが今の時代、今の人間にかなっているかを見きわめようとされたのです。

〈依釈段　道綽章②〉

万《まん》善《ぜん》自《じ》力《りき》貶《へん》勤《ごん》修《しゅ》

田植前明鏡止水《めいきょうしすい》自力なり

今の時期、大阪でも京都でも無論滋賀でも、田圃《たんぼ》には水がはられ田植えの準備におさおさ怠《おこた》りがありませんが、時期的には北に行くほど早いのであります。同年会、同窓会、結婚披露宴、社会人大学、友人との食事会と立て続けに大阪・京都・滋賀を、今回はすべて快速電車で往復していると青空や陽光が水田に反射し続けますが、心は明鏡止水《めいきょうしすい》どころか縦横無尽《じゅうおうむじん》に飛び交《か》っています。明鏡止水が求められる自力の修行で、その境地に至るのは非常に難しいとある禅寺《ぜんでら》のお坊さんがおっしゃっていました。

〈依釈段 道綽章③〉

円《えん》満《まん》徳《とく》号《ごう》勧《かん》専《せん》称《しょう》

三《さん》不《ぷ》三《さん》信《しん》誨《け》慇《おん》懃《ごん》

像《ぞう》末《まつ》法《ほう》滅《めつ》同《どう》悲《ひ》引《いん》

鮎《あゆ》届く専称徳号《せんしょうとくごう》円《まど》かなり

今年のみならずここ数年、琵琶湖《びわこ》の鮎《あゆ》の漁獲量激減とのこと。要は稚鮎《ちあゆ》が少ないのだが、産卵場所に異変が起こっているのか、餌がないのか原因不明。同窓の湖北のマドンナに聞いた淡水魚専門店にも、モロコはいたが鮎の姿はなし。諦《あきら》めかけた数日後、ピンポ～ンと心地良いチャイム音。ななななんと鮎の甘露煮《かんろに》の宅急便。やっと手に入ったのでと先のマドンナから。早速ビールで頂戴いたしました。名号《みょうごう》には阿弥陀仏《あみだぶつ》のあらゆる功徳《くどく》が円《まど》かに満ちているのであります。

〈依釈段　道綽章④〉

一《いっ》生《しょう》造《ぞう》悪《あく》値《ち》弘《ぐ》誓《ぜい》

至《し》安《あん》養《にょう》界《がい》証《しょう》妙《みょう》果《か》

行行子《ぎょうぎょうし》弘誓《ぐぜい》に値《あ》ひてすくはれり

ヨシキリは葭《よし》の茎《くき》を割《さ》いて虫を捕食するので、葭切《よしきり》と名づけられたという。また鳴き声が「ぎょうぎょうし」と聞こえるので行行子ともいわれます。深い闇を抱《かか》え、一生涯悪を造り続けている我々衆生《しゅじょう》が、この五濁悪世《ごじょくあくせ》の末法《まっぽう》の時代に救われるためには、弘誓《ぐぜい》に値《もうあ》うこと、すなわち広大な誓い、阿弥陀仏《あみだぶつ》の本願《ほんがん》を信じ、専《もっぱ》ら弥陀の名号《みょうごう》を称《とな》えて浄土に往生《おうじょう》する浄土門《じょうどもん》の道しかないのであります。

〈依釈段　善導章《ぜんどうしょう》①〉

善《ぜん》導《どう》独《どく》明《みょう》仏《ぶっ》正《しょう》意《い》

矜《こう》哀《あい》定《じょう》散《さん》与《よ》逆《ぎゃく》悪《あく》

光《こう》明《みょう》名《みょう》号《ごう》顕《けん》因《いん》縁《ねん》

紫陽花《あじさい》に遇《あ》へば光明《こうみょう》とどきたり

　ヴォーリズ設計の建物を訪ね歩く同窓会のウォーキングに参加。家内は腰痛のため欠席。小学校一年生から三年生まで担任だった別嬪《べっぴん》の先生の転任先小学校も、わが母校の大学もヴォーリズの設計。全国に千六百もあるそうだ。このキリスト教徒の設計に関心のある湖北の高校の女教師も参加。総勢百八十名。無論居酒屋での打ち上げは必須条件。仏教では、光明《こうみょう》が縁《えん》となり名号《みょうごう》が因《いん》となって、信心という果《か》に恵まれて往生《おうじょう》し、救われると。

〈依釈段　善導章②〉

光《こう》明《みょう》名《みょう》号《ごう》顕《けん》因《いん》縁《ねん》（再出）

開《かい》入《にゅう》本《ほん》願《がん》大《だい》智《ち》海《かい》

鳰《にお》多し名号《みょうごう》聞こゆ鳰の湖《うみ》

名号《みょうごう》の名とは夕方暗い中でも居場所がわかるように〝口でよぶ〟という意味です。号も〝叫ぶ、大声でよぶ〟という意味です。つまり口を曲げて悲痛な叫び声をあげている様を表すとのこと。人々への哀《あわ》れみの、心からの叫びなのであります。我々には証《さと》りの世界の阿弥陀仏《あみだぶつ》は見えないので、その見えないわたしに喚《よ》びかけて、〝ここにお前を救う私がいるぞ〟とお示しいただいているのであります。南無せしめて救い取るというメッセージ。

〈依釈段　善導章③〉

行《ぎょう》者《じゃ》正《しょう》受《じゅ》金《こん》剛《ごう》心《しん》

なゐ強し金剛心《こんごうしん》のなほ剛《つよ》し

季語のない句です。大阪府北部地震は六月十八日に発生し、かなり揺れました。「なゐ」のなは土地、ゐは場所を表すらしいのですが、要は「地」の意味で、それが転じて「地震」のことです。古来鯰《なまず》がその原因とされたので、六月の季語である鯰を入れてもよかったのですが、比喩《ひゆ》のためやめました。他力の信心である「金剛心《こんごうしん》」はなぜそんなに剛《つよ》いのか。それは衆生《しゅじょう》が起こす信心ではなく、阿弥陀仏《あみだぶつ》よりたまわった信心だから、決して壊《こわ》れないのであります。

〈依釈段 善導章④〉

慶《きょう》喜《き》一《いち》念《ねん》相《そう》応《おう》後《ご》

慶喜《きょうき》して北湖《ほっこ》の氷魚《ひうを》食《は》む昼餉《ひるげ》

地震や台風によって破損した屋根、樋《とい》、壁等の修理依頼や段取り（足場等）にここ数か月翻弄《ほんろう》されましたが、日曜日は大工さんもお休みですので、家内とコンサート、歌舞伎《かぶき》等で身をほぐし、さらに孫娘出演の大学祭、同窓生のマドンナ出演のオペラ＆ミュージカルや地域の音楽祭にビデオカメラを携《たずさ》え出かけてきました。そしてマドンナからいただいた氷魚《ひうお》は、ビールのジョッキを手放させませんでした。仏の願いに応ずれば信心を慶《よろこ》ぶ身にさせていただけるのだとは善導大師《ぜんどうだいし》の仰《おお》せ。

〈依釈段　善導章⑤〉

与《よ》韋《い》提《だい》等《とう》獲《ぎゃく》三《さん》忍《にん》

即《そく》証《しょう》法《ほっ》性《しょう》之《し》常《じょう》楽《らく》

野分《のわき》あと韋提《いだい》のごとく蔵普請《くらぶしん》

地震の後八月、九月と大型台風が立て続けにやってきて、地震で被災した上に台風でも家をやられました。私の家は大阪は五十年、滋賀は四十年経っており、蔵や隠居は百五十年ですからやむを得ないのかもしれません。仏教は因縁果《いんねんか》の原理を大事にします。中国の善導大師《ぜんどうだいし》は『観無量寿経《かんむりょうじゅきょう》』の真意について、光明《こうみょう》が縁（太陽）、名号《みょうごう》が因（種子）となって信心という果（果実）が恵まれて韋提希《いだいけ》は救われる（往生《おうじょう》する）のだと説かれたのでありま す。

〈依釈段 源信章《げんしんしょう》①〉

源《げん》信《しん》広《こう》開《かい》一《いち》代《だい》教《きょう》

偏《へん》帰《き》安《あん》養《にょう》勧《かん》一《いっ》切《さい》

一代教極月俳句四苦八苦《いちだいきょうごくげつしくはっく》

源信和尚《げんしんかしょう》は釈尊《しゃくそん》が一生涯に説かれた教え、すなわち仏教全般の教えを開き、世の多くの人々にお勧《すす》めになりました。私にはその一端といえどもなかなか理解困難ですが、それに加えてまだ半年足らずとはいえ作句のブランクを取り戻すのにもかなり時間を要しました。さて私にとって七高僧《しちこうそう》の中で一番親しみやすいお方は源信和尚です。もとはと言えば実家は天台宗《てんだいしゅう》であり、法名《ほうみょう》も光澄《こうちょう》とあつかましくも祖師（最澄《さいちょう》）のお名前を一字頂戴いたしております。天台は浄土教の親と教えられました。

〈依釈段　源信章②〉

専《せん》雑《ぞう》執《しゅう》心《しん》判《はん》浅《せん》深《じん》

報《ほう》化《け》二《に》土《ど》正《しょう》弁《べん》立《りゅう》

報《ほう》土《ど》化《け》土《ど》水鳥ゐても鷲《わし》はゐず

源信《げんしん》和尚《かしょう》は、その釈功《しゃっこう》を「報化二土《ほうけにど》」といわれるように、専《せん》修《じゅ》の人は報土《ほうど》に往生《おうじょう》できるが、雑修《ざっしゅ》の人は化土《けど》にしか往生できないと釈されました。雑修は自力の信心であり、専修は他力の信心であると信心の差異を重視されました。なぜなら雑修の人はいろんな行《ぎょう》を積んでいるので一見勝《すぐ》れているように見えるが、その信心は実はふらふらしているので化土にしか生まれられないのです。専修の人の信心は揺るぎのない固い信心ですから報土に往生できるのです。

〈依釈段　源信章③〉

極《ごく》重《じゅう》悪《あく》人《にん》唯《ゆい》称《しょう》仏《ぶつ》
我《が》亦《やく》在《ざい》彼《ひ》摂《せっ》取《しゅ》中《ちゅう》

短日といへど摂取《せっしゅ》の中にあり

「摂取不捨《せっしゅふしゃ》」とは阿弥陀仏《あみだぶつ》の光明《こうみょう》の中に「をさめとりてすてたまはず」なのですが、対象はだれなのか。実は「極重悪人唯称《ごくじゅうあくにんゆいしょう》仏《ぶつ》」の極重悪人とはだれのことなのかと同じ問いです。それまでは『観経《かんぎょう》』でいう下品下生《げぼんげしょう》という最下位に属する悪人・愚人《ぐにん》を指すとされていたのですが、源信和尚《げんしんかしょう》はあらゆる人、特に自分を善人だと思っている自力の人たちに「自分も極重の悪人だと知ってただ念仏せよ」と釈されたと親鸞聖人《しんらんしょうにん》は解されました。

〈依釈段　源信章④〉

煩《ぼん》悩《のう》鄣《しょう》眼《げん》雖《すい》不《ふ》見《けん》

大《だい》悲《ひ》無《む》倦《けん》常《じょう》照《しょう》我《が》

冬の雲おほへど仏《ぶつ》はわれ照らす

上空がいくら雲に覆《おお》われていても雲の下は真っ暗闇ではないように、煩悩《ぼんのう》がいくらわたしの眼を遮《さえぎ》って仏を見ることができなくても、阿弥陀仏《あみだぶつ》はその大いなる慈悲《じひ》の光明《こうみょう》で、仏を見ることなどできない愚《おろ》かなこのわたしを見捨てることなく、常に照らしていてくださるのであります。「妄念《もうねん》はもとより凡夫《ぼんぶ》の地体《じたい》なり」とおっしゃっているように、煩悩すなわち自己中心性を臆面《おくめん》もなく発揮し続けている悪人とは、ほかでもないわたくしそのものでございました。

〈依釈段　源空章《げんくうしょう》①〉

本《ほん》師《し》源《げん》空《く》明《みょう》仏《ぶっ》教《きょう》

憐《れん》愍《みん》善《ぜん》悪《まく》凡《ぼん》夫《ぶ》人《にん》

おかげさま晦日《みそか》蕎麦《そば》食ふ凡夫人《ぼんぶにん》

凡夫《ぼんぶ》ないしは凡夫人《ぼんぶにん》とは、親鸞聖人《しんらんしょうにん》のおっしゃる悪人であり、法然聖人《ほうねんしょうにん》のおっしゃる愚者《ぐしゃ》のこと。自力作善《じりきさぜん》の人を善人という場合は、善行《ぜんぎょう》を積んで往生《おうじょう》しようとすることに対してであって、根本的には、仏から観れば悪人しか存在しません。衆生《しゅじょう》が輪廻《りんね》するのは煩悩《ぼんのう》を持っているからにほかなりません。この病《やまい》を治す薬は本願《ほんがん》しかありません。確かな自分、実は虚仮《こけ》の自分がくずれないことには、いつまで経っても〝仏が真実だった〟とはなりません。

〈依釈段　源空章②〉

真《しん》宗《しゅう》教《きょう》証《しょう》興《こう》片《へん》州《しゅう》

冬の月真宗《しんしゅう》教《きょう》証《しょう》なもあみだ

この真実の教えである真宗教義の教《きょう》・行《ぎょう》・信《しん》・証《しょう》、つまり浄土真宗をこの日本でおこし、ひろめられたのは法然聖人《ほうねんしょうにん》であると、親鸞聖人《しんらんしょうにん》はおっしゃっています。念仏は諸行《しょぎょう》に比べて勝《すぐ》れておりかつ諸行に対して易《やさ》しいのであります。仏が用意周到に準備くださっているので何も加えなくてよい念仏なのです。「学文《がくもん》をして念の心を悟りて申す念仏にもあらず。ただ往生極楽《おうじょうごくらく》のためには南無阿弥陀仏と申して、疑《うたがい》なく往生するぞと思ひとりて申す」との仰《おお》せ。

〈依釈段　源空章③〉

選《せん》択《じゃく》本《ほん》願《がん》弘《ぐ》悪《あく》世《せ》
還《げん》来《らい》生《しょう》死《じ》輪《りん》転《でん》家《げ》
決《けっ》以《ち》疑《ぎ》情《じょう》為《い》所《しょ》止《し》
速《そく》入《にゅう》寂《じゃく》静《じょう》無《む》為《い》楽《らく》
必《ひっ》以《ち》信《しん》心《じん》為《い》能《のう》入《にゅう》

なもあみだ選択本願年《せんじゃくほんがんとし》の市《いち》

今日も家内は年《とし》の市《いち》、といってもスーパーの大売り出しの新聞広告につられて、お節《せち》の材料調達に忙しい。十人前を三日分、相当な分量、ご苦労様です。本願《ほんがん》とは阿弥陀仏《あみだぶつ》の第十八願《だいじゅうはちがん》のことですが、この願《がん》にはさまざまな行《ぎょう》の中から称名念仏《しょうみょうねんぶつ》だけが往《おう》生《じょう》の行として選ばれているから選択本願《せんじゃくほんがん》なのです。そしてこれは、もちろん仏が、諸行《しょぎょう》の中から選び捨て、選び取られたから選択なのです。ここに法然聖人《ほうねんしょうにん》の専修念仏《せんじゅねんぶつ》の教えの源泉《げんせん》があるのです。

〈依釈段　総結勧信《そうけちかんしん》〉

弘《ぐ》経《きょう》大《だい》士《じ》宗《しゅ》師《し》等《とう》

拯《じょう》済《さい》無《む》辺《へん》極《ごく》濁《じょく》悪《あく》

道《どう》俗《ぞく》時《じ》衆《しゅ》共《ぐ》同《どう》心《しん》

唯《ゆい》可《か》信《しん》斯《し》高《こう》僧《そう》説《せつ》

日記買ふ大《だい》士《じ》宗《しゅう》師《し》等《とう》おかげさま

先述したようなことから親鸞《しんらん》聖人《しょうにん》は非常に謙虚なお方であったという推察は充分成り立ちますが、実は聖人の姿勢は自分自身が真実だとか、自分自身を真実の側に位置づけたりは全くなさいません。虚仮《こけ》なる自分が真実に出遇《であ》ったという位置づけなのであります。聖人自身、二人の菩薩《ぼさつ》方や五人の祖師方の教導により、「阿弥陀仏《あみだぶつ》の本願《ほんがん》」という同じものに出遇わせていただいたのだと喜ばれ、その救いをすべての人々に勧《すす》められたのであります。

第二部　『正像末和讃』に聞く

〈三時讃《さんじさん》①〉

浄土《じょうど》の大菩提心《だいぼだいしん》は
願作仏心《がんさぶっしん》をすすめしむ
すなはち願作仏心《がんさぶっしん》を
度衆生心《どしゅじょうしん》となづけたり

釈迦弥陀《しゃかみだ》の願作仏心蓮《がんさぶっしんはす》に生《は》え

ここ北近江《きたおうみ》の「奥びわスポーツの森」の大きな蓮池《はすいけ》も、そして泉州《せんしゅう》は「大泉緑地公園《おおいずみ》」のこれまた大きな蓮池も今年（二〇一六年）はご多分に漏《も》れず、蓮の花の数が少ない。昨年まではいずれも満開の蓮の花に迎えられている気分を味わっていたのであるが……。話は変わりますが、普通俳句では「蓮の生《は》え」とか「蓮生えし」ですが、ここでは阿弥陀《あみだ》様とお釈迦《しゃか》様の智慧《ちえ》とお慈悲《じひ》が、生きとし生きるもの、つまり有情《うじょう》に回向《えこう》せられるのを、願《がん》作仏心《さぶっしん》、度衆生心《どしゅじょうしん》といただきました。

〈三時讃②〉

如来《にょらい》の回向《えこう》に帰入《きにゅう》して
願作仏心《がんさぶっしん》をうるひとは
自力《じりき》の回向《えこう》をすてはてて
利益有情《りやくうじょう》はきはもなし

末法《まっぽう》の椿《つばき》も浄土《じょうど》に帰入《きにゅう》せり

釈迦入滅《しゃかにゅうめつ》後五百年を、仏の教法《きょうぼう》である教《きょう》と、実践である行《ぎょう》、さとりである証《しょう》の三つがそなわっている正法《しょうぼう》の時代、その後一千年を、証はないが教と行の二つが存在していて、正法の時代に似ている像法《ぞうぼう》の時代、その後一万年を、教のみあって行と証のない末法《まっぽう》の時代ととらえる三時《さんじ》思想は、道綽禅師《どうしゃくぜんじ》により説かれました。我々末法の時代に生きる凡夫《ぼんぶ》は、他力浄土のみ教えによってのみ救われるのであります。末法を過ぎて教法もなくなれば、法滅《ほうめつ》の時代の到来です。

〈三時讃③〉

弥陀《みだ》の智願海水《ちがんかいすい》に
他力《たりき》の信水《しんすい》いりぬれば
真実報土《しんじつほうど》のならひにて
煩悩《ぼんのう》・菩提一味《ぼだいいちみ》なり

冬霞《ふゆがすみ》弥陀《みだ》の願海《がんかい》一味《いちみ》なり

親鸞聖人《しんらんしょうにん》は本願《ほんがん》を大海に、そして真実の信心を水に譬《たと》えられます。浄土に生まれるとは具体的にどうなることなのか。お浄土とはこの世の延長ではなく、阿弥陀如来《あみだにょらい》の願いがそのまま完成された世界、つまり真実報土《しんじつほうど》であり涅槃界《ねはんがい》ともいわれるおさとりの世界です。よってこの自己中心性の抜けない、煩悩熾盛《ぼんのうしじょう》のわが身が往生《おうじょう》させていただくとは、他力信心の水が流れ込み、さとりの海水一つのお味わい、すべて一味《いちみ》となるのだと説かれます。

〈三時讃④〉

如来二種《にょらいにしゅ》の回向《えこう》を
ふかく信《しん》ずるひとはみな
等正覚《とうしょうがく》にいたるゆゑ
憶念《おくねん》の心《しん》はたえぬなり

憶念《おくねん》のたまはる信心冬の朝

我々は結局のところ命尽きれば死んでしまうのだから、あれこれいろいろと思案をめぐらせたり、あくせくしても無意味なことだと割り切りたくなったことも二度や三度ではありません。この無目的的な生き方は、阿弥陀仏《あみだぶつ》のご本願《ほんがん》を信ずる生き方とは、対極的です。本願のおいわれを聞いて常にそれを思い起こして浄土への歩みをさせていただくことと、浄土よりこの世界に還《かえ》り人々に仏法に出遇《であ》うべく尽くさせていただくのも本願力《ほんがんりき》。

〈三時讃⑤〉

智慧《ちえ》の念仏《ねんぶつ》うることは
法蔵願力《ほうぞうがんりき》のなせるなり
信心《しんじん》の智慧《ちえ》なかりせば
いかでか涅槃《ねはん》をさとらまし

法蔵《ほうぞう》の智慧《ちえ》の念仏冬田径《ふゆたみち》

冬場はどうしても運動不足に陥《おちい》りがちです。テニスやゴルフといった仲間や設備が必要なスポーツは、一つでも条件が欠けるともうできません。その点、ウォーキングは時間さえ許せば即実行可です。家内と畦道《あぜみち》を歩いていると時としてお念仏が聞こえてくることがあります。称名念仏《しょうみょうねんぶつ》、つまり南無阿弥陀仏をそのまま聞くことが信心。よって智慧《ちえ》の念仏＝智慧の信心。信心は如来《にょらい》の真実心。如来の智慧の心、如来の喚《よ》び声がわたしに届いてくださったのであります。

〈三時讃⑥〉

無明《むみょう》 長夜《じょうや》の灯炬《とうこ》なり
智眼《ちげん》くらしとかなしむな
生死《しょうじ》大海《だいかい》の船筏《せんばつ》なり
罪障《ざいしょう》おもしとなげかざれ

蓮《はす》の花無明《むみょう》長夜《じょうや》の灯炬《とうこ》なり

先述のように、今年（二〇一六年）は琵琶湖《びわこ》周辺のすべての蓮《はす》池《いけ》で蓮の花があまり咲かなかったようです。私の知る限り大阪あたりの蓮池も同様です。いまだに原因は不明。生死《しょうじ》の大海《だいかい》、つまり生まれ変わり死に変わりを繰り返し迷いの世界を流転《るてん》している我々凡夫《ぼんぶ》にとって、南無阿弥陀仏は生死の苦海《くかい》を渡らせていただく願船《がんせん》のともしびであり、かがり火なのです。ありがたいことであります。蓮池の蓮の花には多い少ないがありますが、弥陀《みだ》の光明《こうみょう》は摂取不捨《せっしゅふしゃ》なのです。

〈三時讃⑦〉

願力無窮《がんりきむぐう》にましませば
罪業深重《ざいごうじんじゅう》もおもからず
仏智無辺《ぶっちむへん》にましませば
散乱放逸《さんらんほういつ》もすてられず

冬黄葉《ふゆもみじ》如来《にょらい》の願力《がんりき》満ち満ちて

銀杏黄葉《いちょうもみじ》の陽《ひ》に映《は》える輝きは、時には阿弥陀仏《あみだぶつ》のご光背《こうはい》のようにも見えるし、如来《にょらい》のはたらき、つまり光明《こうみょう》、本願力《ほんがんりき》がみなぎっている様にも見受けられます。もちろん本願力は物理的なエネルギーの発揮ではありませんが、そうとも思えるほど不可称《ふかしょう》、不可説《ふかせつ》、不可思議《ふかしぎ》なのであります。五濁悪世《ごじょくあくせ》の有情《うじょう》をして本願力をたまわしめれば、功徳《くどく》が全身に充満するのであります。正《しょう》法《ぼう》、像法《ぞうぼう》の二時《にじ》は終わり、この末法《まっぽう》の世は弥陀の悲願である「念《ねん》仏往生《ぶつおうじょう》」の時代なのです。

〈三時讃⑧〉

真実信心《しんじつしんじん》の称名《しょうみょう》は
弥陀回向《みだえこう》の法《ほう》なれば
不回向《ふえこう》となづけてぞ
自力《じりき》の称念《しょうねん》きらはるる

山茶花《さざんか》や弥陀回向《みだえこう》にて白道《びゃくどう》へ

田舎のわが家の狭き中庭にも、屋根の高さほどの一本の山茶花《さざんか》が植えられています。そして今頃の時節になると花は苔《こけ》の絨毯《じゅうたん》の上に落ちてしまいます。風雨で一面真っ白になり、夜だと雪と見間違ってしまいそうです。有情《うじょう》の命はいつかはついえるという通念は、浄土のみ教えによって「往《ゆ》き生まれる」のだと転ぜられました。しかもそのことは自分自身の修行、自らのはからいによるのではなく、阿弥陀如来《あみだにょらい》の「汝《なんじ》をすくう」という本願力《ほんがんりき》のはたらきによるのだと。

〈三時讃⑧〉（再出）

真実信心《しんじつしんじん》の称名《しょうみょう》は
弥陀《みだ》回向《えこう》の法《ほう》なれば
不回向《ふえこう》となづけてぞ
自力《じりき》の称念《しょうねん》きらはるる

かいつぶり沈みて浮きて不回向《ふえこう》と

生死《しょうじ》の苦海《くかい》で浮き沈みを繰り返している我々凡夫《ぼんぶ》は、どうしても自力の善行《ぜんぎょう》をしてその見返りを求めるべく、自力ごころによる称念《しょうねん》を回向《えこう》しようとしてしまうのであります。阿弥陀仏《あみだぶつ》よりたまわった仏法、お念仏、信心は衆生《しゅじょう》がする回向ではないので、不回向《ふえこう》といわれます。他の命を犠牲にしなければ生きていけない、加えてあらゆる局面で自己中心性を遺憾《いかん》なく発揮している罪業深重《ざいごうじんじゅう》のこのわたし、善行を積むほど認められたい誉《ほ》められたいわたしなのです。

〈三時讃⑨〉

弥陀智願《みだちがん》の広海《こうかい》に
凡夫善悪《ぼんぶぜんあく》の心水《しんすい》も
帰入《きにゅう》しぬればすなはちに
大悲心《だいひしん》とぞ転《てん》ずなる

なもあみだ弥陀《みだ》の広海《こうかい》鴨《かも》の声

海を生死《しょうじ》の苦海《くかい》と表現される場合は、迷いの世界、つまりこの世のこと。阿弥陀仏《あみだぶつ》の広海《こうかい》とは、阿弥陀仏の本願《ほんがん》そのものを大海に譬《たと》えられているのであります。阿弥陀仏の本願は智慧《ちえ》そのものであり、その中心は第十八願《だいじゅうはちがん》であり成就文《じょうじゅもん》であります。凡夫《ぼんぶ》の心は水に譬えられます。善の心も悪の心も、つまり自力の善心や五逆《ごぎゃく》・謗法《ほうぼう》の悪心も、弥陀の広海に流れ込めば如来《にょらい》の願力《がんりき》によって転ぜられて、大信心海《だいしんじんかい》に生きる身とならせていただくのであります。

〈三時讃 ⑩〉

真実報土《しんじつほうど》の正因《しょういん》を
二尊《にそん》のみことにたまはりて
正定聚《しょうじょうじゅ》に住《じゅう》すれば
かならず滅度《めつど》をさとるなり

正定聚佛智不思議《しょうじょうじゅぶっちふしぎ》の寒き朝

　自分自身が罪業深重《ざいごうじんじゅう》であるということなど、この他力のみ教えに出遇《であ》うまでは意識すらしたことがありませんでした。この世の中を生きていくのに何の遠慮がいるものか、正々堂々と胸を張って卑下《ひげ》せずに生きていってどこが悪いのか。おのれの自己中心性に、おのれのはからいで気づくのは無理。仏法を聞かせてもらって初めて気づかせていただくのであります。そして阿弥陀仏《あみだぶつ》の本願力《ほんがんりき》の無限のはたらきにも気づかせていただくのです。ありがたいことです。

〈三時讃⑪〉

真実信心《しんじつしんじん》うることは
末法濁世《まっぽうじょくせ》にまれなりと
恒沙《ごうじゃ》の諸仏《しょぶつ》の証誠《しょうじょう》に
えがたきほどをあらはせり

冬《ふゆ》木《こ》立《だち》恒《ごう》沙《じゃ》の諸《しょ》仏《ぶつ》回《え》向《こう》せり

ガンジス河の砂の数ほどの仏様たちがお念仏のみ教えを讃歎《さんだん》され、我々衆生《しゅじょう》に勧《すす》めるべく回向《えこう》していてくださるのであります。あらゆる人々が救われる最も尊《とうと》い教えなのに何ゆえ難信《なんしん》の法《ほう》なのか。それはわたくしのはからい、わたくしの信心を作り上げようとして、如来《にょらい》からたまわる信心を撥《は》ねつけているからなのです。だから受け入れることができないのです。もうすでに届いている、願力《がんりき》のはたらきのただ中、救いのただ中のわたしなのです。

〈三時讃⑫〉

報土《ほうど》の信者《しんじゃ》はおほからず
化土《けど》の行者《ぎょうじゃ》はかずおほし
自力《じりき》の菩提《ぼだい》かなはねば
久遠劫《くおんごう》より流転《るてん》せり

寒き夜自力の流転化土往生《るてんけどおうじょう》

阿弥陀仏《あみだぶつ》の願いに報《むく》いた世界である報土《ほうど》に往生《おうじょう》する人が、はなはだ少ないのはなぜか。善いことをして善い結果を得ようとするのが一般的な仏教の教えでありました。しかし煩悩具足《ぼんのうぐそく》の人間が、いかに清らかな行いをやろうとしてもやり通すことはできません。自己中心性の抜けきらない罪悪深重《ざいあくじんじゅう》のわたくしの行い、無限の過去より迷い続けてきた身でありながら、そのことにも気づかずに阿弥陀仏におまかせできない疑いの人は化土《けど》に生まれます。

〈三時讃⑬〉

弥陀大悲《みだだいひ》の誓願《せいがん》を
ふかく信《しん》ぜんひとはみな
ねてもさめてもへだてなく
南無阿弥陀仏《なもあみだぶつ》をとなふべし

鴨《かも》の群《むれ》なんまんだぶにへだてなし

湖北《こほく》の景色は幻想的である。幾重《いくえ》にも湖に突っ込んだ山々は、葛籠尾崎《つづらおざき》なる名称を得て湖面にその姿を映す。鴨《かも》に限らず鴛鴦《おしどり》や鳰《かいつぶり》等水鳥のオンパレード。このような生死《しょうじ》の苦海《くかい》に浮き沈みを繰り返している我々衆生《しゅじょう》の姿に気づかせていただき、苦しみの海に漂《ただよ》っている身であることをも知らせていただくのでありますす。そしてこの波間《なみま》に漂っているわたしを如来《にょらい》の願船《がんせん》に乗せ、彼《ひ》岸《がん》へお渡しくださるのであります。このご本願《ほんがん》のはたらきが「南無阿弥陀仏」。

〈三時讃⑭〉

釈迦《しゃか》の教法《きょうぼう》ましませど
修《しゅ》すべき有情《うじょう》のなきゆゑに
さとりうるもの末法《まっぽう》に
一人《いちにん》もあらじとときたまふ

冬の鳥報土《ほうど》往生《おうじょう》おほからず

最終的にはお浄土に往生《おうじょう》させていただけるのでありますが、ダイレクトに往《ゆ》ける方は少ないとの仰《おお》せ、すなわち「易往而無人《いおうにむにん》」なのです。仏教では原因のない結果はありません。つまり結果にはすべて原因があるのです。なぜダイレクトにお浄土に往ける人が少ないのか。前述のごとくその一つは自力無効《じりきむこう》であり、もう一つは他力＝阿弥陀仏《あみだぶつ》の本願力《ほんがんりき》＝如来《にょらい》の喚《よ》び声＝お念仏をそのまま受け入れないで自分でいろいろとはからってしまうからなのです。

〈三時讃⑮〉

他力《たりき》の信心《しんじん》うるひとを
うやまひおほきによろこべば
すなはちわが親友《しんぬ》ぞと
教主世尊《きょうしゅせそん》はほめたまふ

白き息他力の信をよろこびぬ

ここ二、三日は、湖東《ことう》にも大雪が降った。シベリアからの寒波の襲来である。インフルエンザで病欠の孫娘を除いて、長男夫妻とその次女をJRの駅、職場と学校へ朝は送り、夕は迎えを担当、家内は孫娘のご飯造り。お役に立ててよかったね。これも喜びには違いないのですが、他力の信心をいただいた慶《よろこ》びについて、「法を聞きてよく忘れず、見て敬《うやま》ひ得て大きに慶ばば、すなはちわが善き親友《しんぬ》なり」と教主釈尊《きょうしゅしゃくそん》は、『無量寿経《むりょうじゅきょう》』下巻でおっしゃっています。

〈誡疑讃《かいぎさん》①〉

罪福信《ざいふくしん》ずる行者《ぎょうじゃ》は
仏智《ぶっち》の不思議《ふしぎ》をうたがひて
疑城《ぎじょう》胎宮《たいぐ》にとどまれば
三宝《さんぼう》にはなれたてまつる

浮寝鳥《うきねどり》罪福《ざいふく》信じ五百歳

一般的に仏教は、善因善果《ぜんいんぜんか》、悪因悪果《あくいんあっか》という自業自得《じごうじとく》の因果律《いんがりつ》によって説かれておりました。このことを「罪福《ざいふく》を信じる」といいます。阿弥陀仏《あみだぶつ》の願いを疑う人は、自分を信じ、自分の力をたよりにする、つまり自分の力にとらわれ、自分をよりどころとしますので、もっと善行《ぜんぎょう》を積まねばならないと思い、ひたすら称名《しょうみょう》念仏《ねんぶつ》に力を尽くそうとします。いわゆる迷いの深追いに陥《おちい》ってしまい、五百年間蓮《はす》の花の中に閉じ込められてしまうのであります。

〈誡疑讃 ②〉

罪福《ざいふく》ふかく信《しん》じつつ
善本修《ぜんぽんしゅ》習《じゅう》するひとは
疑心《ぎしん》の善人《ぜんにん》なるゆゑに
方便化土《ほうべんけど》にとまるなり

善人や方便化土《ほうべんけど》の雪深し

この善人は「善人なほもつて往生《おうじょう》をとぐ。いはんや悪人をや」で有名な『歎異抄《たんにしょう》』第三条の善人であります。善悪因果《ぜんあくいんが》の道理を深く信じて本願《ほんがん》を疑っているのだが、善行《ぜんぎょう》をして自力の念仏、称名念仏《しょうみょうねんぶつ》に励んでいるので善人というのです。一方、悪人とはどのような行《ぎょう》によっても生死《しょうじ》を離れることのできない煩悩具足《ぼんのうぐそく》の自己中心性のとれない罪悪深重《ざいあくじんじゅう》のこのわたしのことであります。よって善人は本願を疑っているものが往生する仮《かり》の浄土、化《け》土《ど》に往生します。

〈皇太子《こうたいし》聖徳《しょうとく》奉讃《ほうさん》〉

仏智不思議《ぶっちふしぎ》の誓願《せいがん》を
聖徳皇《しょうとくおう》のめぐみにて
正定聚《しょうじょうじゅ》に帰入《きにゅう》して
補処《ふしょ》の弥勒《みろく》のごとくなり

大《だい》根《こ》梵《だき》聖徳皇《しょうとくおう》のめぐみなり

親鸞聖人《しんらんしょうにん》の聖徳太子奉讃和讃《しょうとくたいしほうさんわさん》は二百首にのぼります。そのうちの十一首は本願《ほんがん》のみ教えをお勧《すす》めくださった聖徳太子を讃《たた》えられるのです。有名な「十七条憲法」の第一条に「和《やわ》らかなるをもつて貴《とうと》しとなし」、第二条に「篤《あつ》く三宝《さんぼう》を敬《うやま》ふ」とあります。仏《ぶっ》・法《ほう》・僧《そう》を敬う、つまり仏法の中心である阿弥陀仏《あみだぶつ》のご本願をお勧めくださったお方であるとの受け止めです。「世間虚仮《せけんこけ》　唯《ゆい》仏是真《ぶつぜしん》」もまさに仏教をよりどころとされ、お念仏に生きられた証《あかし》であります。

〈自然法爾章《じねんほうにしょう》〉

無上仏《むじょうぶつ》と申《もう》すは、かたちもなくましますかたちもましまさぬゆゑに、自然《じねん》とは申《もう》すなり。

冬の海自然《じねん》法爾《ほうに》の無上仏《むじょうぶつ》

親鸞聖人《しんらんしょうにん》はこの「自然法爾章《じねんほうにしょう》」で何をおっしゃりたかったのでしょうか。信心獲得《しんじんぎゃくとく》の「獲《ぎゃく》」は現生《げんしょう》で信心をいただくこと、つまり正定聚《しょうじょうじゅ》の位《くらい》を〝うる〟ことで、「得《とく》」は浄土に往生《おうじょう》して仏の証《さと》りを〝うる〟こと。「自《じ》」は〝おのずから〟、「然《ねん》」は〝そのようにさせる〟で、「法爾《ほうに》」は阿弥陀如来《あみだにょらい》のご誓願《せいがん》です。人間のはからいによるのではなく、形もお姿もない無上仏《むじょうぶつ》ということを人間に知らせるために、阿弥陀仏と申されているのだとおっしゃりたかったのでありましょう。

第三部 『歎異抄』に聞く

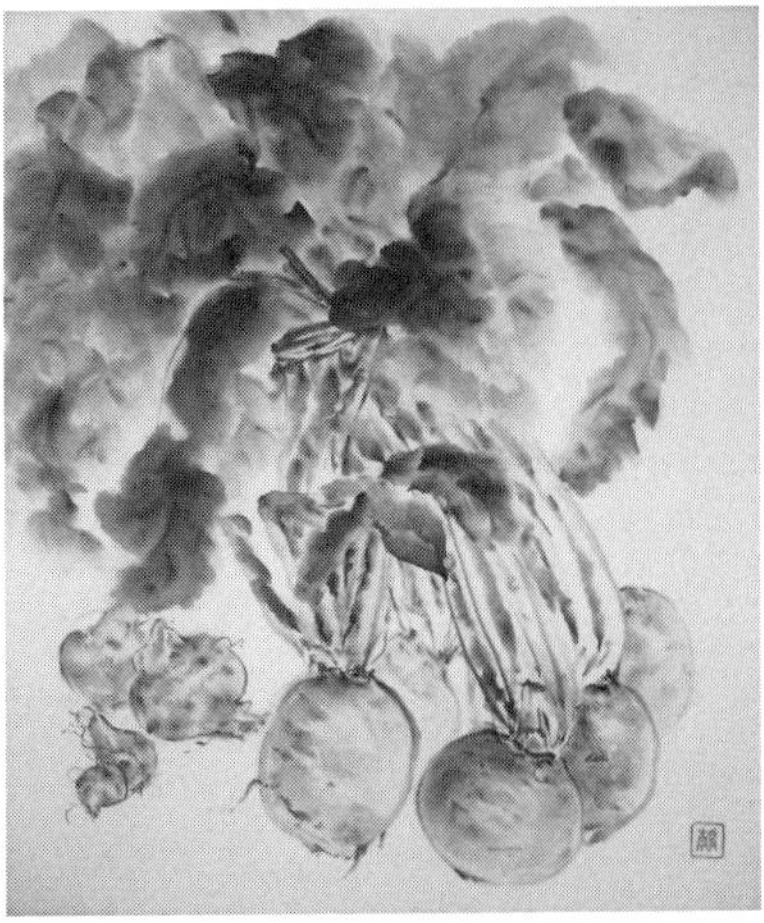

〈序〉

ひそかに愚案《ぐあん》を回《めぐ》らして、ほぼ古今《ここん》を勘《かんが》ふるに、先師《せんし》（親鸞）の口伝《くでん》の真信《しんしん》に異《こと》なることを歎《なげ》き、後学相続《こうがくそうぞく》の疑惑《ぎわく》あることを思《おも》ふに、幸《さいわ》ひに有縁《うえん》の知識《ちしき》によらずは、いかでか易《い》行《ぎょう》の一門《いちもん》に入《い》ることを得《え》んや。まつたく自見《じけん》の覚語《かくご》をもつて、他力《たりき》の宗旨《しゅうし》を乱《みだ》ることなかれ。（後略）

善知識易行《ぜんぢしきいぎょう》の道の寒牡丹《かんぼたん》

『歎異抄《たんにしょう》』の著者・唯円房《ゆいえんぼう》はその執筆の動機、つまりまことの教えと異なることが説かれているので歎《なげ》かわしい旨《むね》を述べるに際して、「有縁《うえん》の善知識《ぜんぢしき》の方々のご教示がなかったならば、自分は到底この他力という易行《いぎょう》の仏道《ぶつどう》に入ることなどできませんでした」と。そして自分勝手な考えで、本願他力《ほんがんたりき》のみ教えの根幹をゆがめてはいけないことを強調されています。親鸞聖人《しんらんしょうにん》の七高僧《しちこうそう》方への姿勢と、まさに軌《き》を一《いつ》にしていると言えるのであります。

〈第一条①〉

弥陀《みだ》の誓願不思議《せいがんふしぎ》にたすけられまゐらせて、往生《おうじょう》をばとぐるなりと信《しん》じて念仏申《ねんぶつもう》さんとおもひたつこころのおこるとき、

誓願《せいがん》の念仏ひびく冬の湖《うみ》

冬の琵琶湖《びわこ》、特に北湖《ほっこ》といわれる奥琵琶湖は、急斜面がそのまま湖に落ち込み、入り組んだ入り江が幾重にも織りなす様は、なんとなく「なもあみだ～」に似通っており、しかも南無阿弥陀仏の称名《しょうみょう》が、湖の底から湖面のさざ波になって響いてくるのです。ありがたいことです。法蔵菩薩《ほうぞうぼさつ》とは衆生《しゅじょう》が幸せでなければ自分も決して幸せとは思えないお方なのです。すでに救いは届いているのです。

〈第一条②〉

すなはち摂取不捨《せっしゅふしゃ》の利益《りやく》にあづけしめたまふなり。弥陀《みだ》の本《ほん》願《がん》には、老少《ろうしょう》・善悪《ぜんあく》のひとをえらばれず、ただ信心《しんじん》を要《よう》とすとしるべし。そのゆゑは、罪悪深重《ざいあくじんじゅう》・煩悩熾盛《ぼんのうしじょう》の衆生《しゅじょう》をたすけんがための願《がん》にまします。

をさめ取《と》り捨《す》てたまはざり日脚《ひあし》伸《の》ぶ

冬至《とうじ》も過ぎ、おまけに年も明けて幾日も経っているにもかかわらず、昼間の時間が伸びているのに気づかないのは私だけなのか。ましてや阿弥陀仏《あみだぶつ》にすでに救われているのだとか、南無阿弥陀仏という名号《みょうごう》それ自体に救いの仏力《ぶつりき》が込められているのだということ等々に、気づいているか気づかせていただいているか、はなはだ心もとない限りであります。信心正因《しんじんしょういん》・摂取不捨《せっしゅふしゃ》のみ教えをそのままいただけばいいのだといくら言われても、はからってしまうのです。

〈第一条③〉

しかれば、本願《ほんがん》を信《しん》ぜんには、他《た》の善《ぜん》も要《よう》にあらず、念仏《ねんぶつ》にまさるべき善《ぜん》なきゆゑに。悪《あく》をもおそるべからず、弥陀《みだ》の本《ほん》願《がん》をさまたぐるほどの悪《あく》なきゆゑにと云々《うんぬん》。

本《ほん》願《がん》に衆《しゅ》生《じょう》おおはる雪の街

本願《ほんがん》とは先述の誓願《せいがん》と同じで、衆生救済《しゅじょうきゅうさい》の願《がん》であり、法蔵菩《ほうぞうぼ》薩《さつ》はこれを成就《じょうじゅ》しなければ阿弥陀仏《あみだぶつ》には成らないと誓われています。衆生救済のまさに根本の願であり、四十八願《しじゅうはちがん》中の第十八《だいじゅうはち》願《がん》のことです。衆生はこの本願に包まれているのであります。この本願の救いは、時代、場所、ひとを選ばれません。いつでも、どこでも、だれでもが救われるのです。言い換えれば、いま、ここで、わたしが救われるのであります。本願成就《ほんがんじょうじゅ》＝南無阿弥陀仏＝往生《おうじょう》の定まりたる証拠なのです。

〈第二条①〉

おのおのの十余箇国《じゅうよかこく》のさかひをこえて、身命《しんみょう》をかへりみずして、たづねきたらしめたまふ御《おん》こころざし、ひとへに往《おう》生極楽《じょうごくらく》のみちを問《と》ひきかんがためなり。

息白し十余《じゅうよ》箇《か》国《こく》のさかひ越へ

ウォーキングの盛んな今日この頃であっても、常陸国《ひたちのくに》から京都まで徒歩ということに私は全く自信がありません。ましてや時代環境も全く異なる五、六百キロの旅は、まさに「身命《しんみょう》をかへりみずして」の命がけの旅だったのであります。しかもその目的が「ひとへに往生《おうじょう》極楽《ごくらく》のみちを問ひきかんがため」だったとは恐れ入らざるを得ません。さらに最大の驚きは、往生の道に念仏以外の道があるのかという門弟の質問と、それへの親鸞《しんらん》聖人《しょうにん》の返答なのです。

〈第二条②〉

しかるに念仏《ねんぶつ》よりほかに往生《おうじょう》のみちをも存知《ぞんじ》し、また法文《ほうもん》等《とう》をもしりたるらんと、こころにくくおぼしめしておはしましてはんべらんは、おほきなるあやまりなり。もししからば、南都北嶺《なんとほくれい》にもゆゆしき学生《がくしょう》たちおほく座《おわ》せられて候《そうろ》ふなれば、かのひとにもあひたてまつりて、往生《おうじょう》の要《よう》よくよくきかるべきなり。親鸞《しんらん》におきては、ただ念仏《ねんぶつ》して、弥陀《みだ》にたすけられまゐらすべしと、よきひと（法然《ほうねん》）の仰《おお》せをかぶりて、信《しん》ずるほかに別《べつ》の子細《しさい》なきなり。

法文《ほうもん》の南都《なんと》北嶺《ほくれい》寒椿《かんつばき》

つまりこの質問は、往生《おうじょう》に念仏以外の道があるのではないか、またその念仏以外の道について、親鸞聖人《しんらんしょうにん》はご存知《ぞんじ》なのではないかと門弟たちが思っているからにほかなりません。しかし聖人は意外にも、念仏以外に往生する道は知らないとお答えになりました。「そのような道が聞きたければ奈良や比叡山《ひえいざん》の優れた学僧の方々に聞かれるのがよろしかろう」とのお答えでした。それは取りようによってはやや冷徹な答え方ではありました。

〈第二条③〉

念仏《ねんぶつ》は、まことに浄土《じょうど》に生《うま》るるたねにてやはんべらん、また地獄《じごく》におつべき業《ごう》にてやはんべるらん、総《そう》じてもつて存知《ぞんじ》せざるなり。

凍蝶《いてちょう》や地獄極楽存知《ぞんじ》せず

先の質問の背景には、念仏以外の道もあるのだと親鸞聖人《しんらんしょうにん》のご子息の善鸞《ぜんらん》が言っていたことや、念仏すれば無間地獄《むげんじごく》に堕《お》ちるといった日蓮《にちれん》による念仏批判に対する聖人のお考えを確認したかったのかもしれません。しかし聖人は次のように答えられました。「ただ念仏して阿弥陀仏《あみだぶつ》に救われて往生《おうじょう》させていただくのであるという法然聖人《ほうねんしょうにん》のお言葉を信じているだけなのです。念仏が浄土への因《いん》なのか、地獄へ堕ちる行いなのか全く知りません」と。

〈第二条④〉

たとひ法然聖人《ほうねんしょうにん》にすかされまゐらせて、念仏《ねんぶつ》して地獄《じごく》におちたりとも、さらに後悔《こうかい》すべからず候《そうろ》ふ。そのゆゑは、自余《じよ》の行《ぎょう》もはげみて仏《ぶつ》に成《な》るべかりける身《み》が、念仏《ねんぶつ》を申《もう》して地獄《じごく》にもおちて候《そうら》はばこそ、すかされたてまつりてといふ後悔《こうかい》も候《そうら》はめ。いづれの行《ぎょう》もおよびがたき身《み》なれば、とても地獄《じごく》は一定《いちじょう》すみかぞかし。（後略）

愚身《ぐしん》ゆゑ一定《いちじょう》すみか寒鴉《かんがらす》

さらに「たとえ法然聖人《ほうねんしょうにん》にだまされて念仏したために地獄に堕《お》ちたとしても何の後悔もいたしません。いろいろな行《ぎょう》ができるのに念仏を選んだために地獄に堕ちるのなら後悔もするでしょうが、何の行もできず地獄以外にすみかのない私には後悔はありません。愚身《ぐしん》の私には念仏で往生《おうじょう》できるかどうかの判断など到底できません」と。信心も念仏も如来《にょらい》からのいただきもの。阿弥陀《あみだ》仏《ぶつ》に照らされて初めて愚身が明らかになったのだというお受け止めです。

〈第三条①〉

善人《ぜんにん》なほもつて往生《おうじょう》をとぐ。いはんや悪人《あくにん》をや。しかるを世《よ》のひとつねにいはく、「悪人《あくにん》なほ往生《おうじょう》す。いかにいはんや善人《ぜんにん》をや」。この条《じょう》、一旦《いったん》そのいはれあるに似《に》たれども、本《ほん》願他力《がんたりき》の意趣《いしゅ》にそむけり。

悪人や綿入《わたい》れ脱《ぬ》ぎて往生《おうじょう》す

法律的、道徳的、倫理的な悪人は常識的に定義できますが、それではここでの悪人とは一体どのような人をいうのでしょうか。仏教的な悪人とは、仏に背を向けた生き方をしているわたし、仏の願い、救いに背《そむ》き続ける生き方をしているわたしのことであります。阿弥陀仏《あみだぶつ》が救わせてくれとおっしゃっているのに、逃げ続けている自分、「悪性《あくしょう》さらにやめがたし　こころは蛇蝎《じゃかつ》のごとくなり」と気づいていているのが悪人。実はこの悪人が救いのお目当てなのです。

〈第三条②〉

そのゆゑは、自力作善《じりきさぜん》のひとは、ひとへに他力《たりき》をたのむこころかけたるあひだ、弥陀《みだ》の本願《ほんがん》にあらず。

着膨《きぶく》れの善人しばし往生《おうじょう》待つ

正直申しまして定年までは特に仏教に関心があったわけではございません。法座についても文化講演会に参加する気持ちで、今までの自己中心的な価値観のまま聞いていますので、気に入ったものは受け入れますがそうでないものは撥《は》ねつけます。つまり自分しか信じていないしつこい自力、裸《はだか》になるどころか何枚もの重ね着重装備のままでの聴聞《ちょうもん》でした。ここでの善人とは、他力の中の自力のこと、つまり念仏も信心も自分の手柄にしてしまっているわたしのことであります。

〈第三条③〉

しかれども、自力《じりき》のこころをひるがへして、他力《たりき》をたのみたてまつれば、真実報土《しんじつほうど》の往生《おうじょう》をとぐるなり。

春近し真実報土《しんじつほうど》なほ遠し

今日、外は雪ですが、俳句の世界では節分の翌日からが春なのです。それではお浄土へも時期が来たからといって容易に往《ゆ》かせてもらえるのでしょうか。他力のみ教えでは、行《ぎょう》とは南無阿弥陀仏を称《とな》えるのみで、易行《いぎょう》といわれています。種々の難行《なんぎょう》は不要どころか無効《むこう》なのだと。しかしその信心については難信《なんしん》といわれます。一般に信心は自分が信じる、自分から信じるのですが、他力の信心は阿弥陀仏《あみだぶつ》の願いによって振り向けられた信心、如来《にょらい》より回向《えこう》せられた信心、如来よりたまわりたる信心なのです。

〈第三条④〉

煩悩具足《ぼんのうぐそく》のわれらは、いづれの行《ぎょう》にても生死《しょうじ》をはなるることあるべからざるを、あはれみたまひて願《がん》をおこしたまふ本意《ほんい》、悪人成仏《あくにんじょうぶつ》のためなれば、他力《たりき》をたのみたてまつる悪人《あくにん》、もつとも往生《おうじょう》の正因《しょういん》なり。よつて善人《ぜんにん》だにこそ往生《おうじょう》すれ、まして悪人《あくにん》はと、仰《おお》せ候《そうら》ひき。

冬籠《ふゆごも》り煩悩《ぼんのう》具足《ぐそく》ありがたし

　前句で信心は阿弥陀如来《あみだにょらい》からたまわるのだと言いましたが、これは煩悩《ぼんのう》を抱《かか》えたいわゆる凡夫《ぼんぶ》自身の信心はほんまもんではないということです。実は煩悩自体、そしてその煩悩を抱えた煩悩具足《ぼんのうぐそく》の凡夫であること自体、仏法、他力のみ教えに出遇《であ》わなければ見えてきません。光に照らされなければ影もできないのと同じで、影が見えるから照らされていることがわかるのです。阿弥陀仏は常にわたしを照らしていてくださいます。

〈第四条①〉

慈悲《じひ》に聖道《しょうどう》・浄土《じょうど》のかはりめあり。聖道《しょうどう》の慈悲《じひ》といふは、ものをあはれみ、かなしみ、はぐくむなり。しかれども、おもふがごとくたすけとぐること、きはめてありがたし。

寒見舞《かんみまい》聖道《しょうどう》の慈悲《じひ》始終《しじゅう》なし

この世での慈悲《じひ》には限界があるという主旨ですが、だからといって意味がないということではありません。いくら気の毒だと思っても思うようにはやりとげられませんが、一方社会に対しての仏教の実践面での貢献、ボランティア活動も宗派を問わず諸方面で行われています。私などはアフリカの子供たちへの義援金拠出にしても、自分の子供の時はここまではひどくなかったとか、入院の方を見舞っても、自分が逆の立場だったらどうしようという自己中心性から一歩も抜け出ることはできません。

〈第四条②〉

浄土《じょうど》の慈悲《じひ》といふは、念仏《ねんぶつ》して、いそぎ仏《ぶつ》に成《な》りて、大慈《だいじ》大悲心《だいひしん》をもつて、おもふがごとく衆生《しゅじょう》を利益《りやく》するをいふべきなり。

仏《ぶつ》に成り還《かえ》りてすくふ冴《さ》ゆる月

　聖道門《しょうどうもん》は此土入聖《しどにっしょう》、つまり即身成仏《そくしんじょうぶつ》を目指します。浄土門《じょうどもん》は彼土得証《ひどとくしょう》で、浄土へ往生即成仏《おうじょうそくじょうぶつ》の後、再び穢土《えど》に還《かえ》ってきて衆生《しゅじょう》を教化《きょうけ》し、仏道《ぶつどう》に向かわせることによって救済するのです。この往相回向《おうそうえこう》も還相回向《げんそうえこう》も阿弥陀仏《あみだぶつ》による回向ですから、往生に自らの力が全く役に立たないのと同様、この還相の活動も阿弥陀仏から施《ほどこ》し与えられたものであり、つまり如来《にょらい》からたまわった、如来と同じ智慧《ちえ》と慈悲《じひ》だからこそ衆生を救うことが可能なのです。

〈第四条③〉

今生《こんじょう》に、いかにいとほし不便《ふびん》とおもふとも、存知《ぞんじ》のごとくたすけがたければ、この慈悲《じひ》始終《しじゅう》なし。

ふびんなり今生利益《こんじょうりやく》寒卵《かんたまご》

もうすでに道綽禅師《どうしゃくぜんじ》の時代に、聖道門《しょうどうもん》の教えによって悟るのは難しく、浄土門《じょうどもん》の教えによってのみ証《さと》りに至ることができるのだと明らかにされました。「約時被機《やくじひき》」、つまり時代と修行者にとってどの教えが一番よいのかを選択《せんじゃく》され、その結果今は末法《まっぽう》の世の中なので先の結論になったわけです。いくらふびんだと思っても思いのままに救いとげることはきわめて難しいと。親鸞《しんらん》聖人《しょうにん》もご子息一人を如何《いかん》ともできずに義絶《ぎぜつ》してしまわれました。

〈第四条④〉

しかれば、念仏《ねんぶつ》申《もう》すのみぞ、すゑとほりたる大慈悲心《だいじひしん》にて候《そうろ》ふべきと云々《うんぬん》。

凍《い》て鶴《づる》や念仏のみぞすゑとほる

私はせいぜいおのれの健康、家内安全、災害対策ぐらいが関《せき》の山《やま》で、天下国家に対しては税金の納付で勘弁《かんべん》してもらっています。あえて言えば民生委員ぐらいで、果たしてそれが社会貢献と言えるか疑問ですが、ここで表明するということは手柄にしてしまっているわけです。よって慈悲《じひ》の三縁《さんえん》は真実であると思います。小悲《しょうひ》である衆生縁《しゅじょうえん》、中悲《ちゅうひ》である法縁《ほうえん》、大悲《だいひ》である無縁《むえん》。

「小慈小悲《しょうじしょうひ》もなき身にて　有情利益《うじょうりやく》はおもふまじ　如来《にょらい》の願船《がんせん》いまさずは　苦海《くかい》をいかでかわたるべき」。

〈第五条①〉

親鸞《しんらん》は父母《ぶも》の孝養《きょうよう》のためとて、一返《いっぺん》にても念仏《ねんぶつ》申《もう》したること、いまだ候《そうら》はず。そのゆゑは、一切《いっさい》の有情《うじょう》はみなもつて世々生々《せせしょうじょう》の父母《ぶも》・兄弟《きょうだい》なり。いづれもいづれも、この順次《じゅんじ》生《しょう》に仏《ぶつ》に成《な》りてたすけ候《そうろ》ふべきなり。

鳰《にお》の湖《うみ》光りておはす父母《ちちはは》も

そもそも唯円房《ゆいえんぼう》はこの『歎異抄《たんにしょう》』で、一体何をおっしゃりたかったのか、各条とも頭をゼロベースにしてそのおこころを尋ねていかないことには、一歩も前に進みません。特にこの第五条では親鸞聖人《しんらんしょうにん》はご父母の追善供養《ついぜんくよう》のために念仏したことがないと仰《おお》せであったと。なぜなら人間みんな生まれ変わり死に変わりしている間に、お互いに父母となったり兄弟となったりしているのであるから、すべての人々を次の世において浄土に往生《おうじょう》して仏に成ることによって救うことができるのだと。

〈第五条②〉

わがちからにてはげむ善《ぜん》にても候《そうら》はばこそ、念仏《ねんぶつ》を回向《えこう》して父母《ぶも》をもたすけ候《そうら》はめ。ただ自力《じりき》をすてて、いそぎ浄土《じょうど》のさとりをひらきなば、六道《ろくどう》四生《ししょう》のあひだ、いづれの業苦《ごっく》にしづめりとも、神通方便《じんずうほうべん》をもつて、まづ有縁《うえん》を度《ど》すべきなりと云々《うんぬん》。

鴨《かも》帰る往《ゆ》き先告げず北の湖《うみ》

さらに父母の追善供養《ついぜんくよう》のために念仏を申したことがない理由として、念仏の意味について次のように仰《おお》せになったのでありまます。「もし念仏が自分の力による善行《ぜんぎょう》であるならば、その念仏を父母の追善供養のために差し向けることによって救うことができるかもしれませんが、念仏はそのようなものではありません。この自力の心を捨てて、すみやかに浄土に往生《おうじょう》して直ちに仏に成ることによってまず縁のある方々から救うことができるのであります」と。

〈第六条①〉

専修念仏《せんじゅねんぶつ》のともがらの、わが弟子《でし》、ひとの弟子《でし》といふ相論《そうろん》の候《そうろ》ふらんこと、もつてのほかの子細《しさい》なり。親鸞《しんらん》は弟子《でし》一人《いちにん》ももたず候《そうろ》ふ。そのゆゑは、わがはからひにて、ひとに念仏《ねんぶつ》を申《もう》させ候《そうら》はばこそ、弟子《でし》にても候《そうら》はめ。弥陀《みだ》の御《おん》もよほしにあづかつて念仏申《ねんぶつもう》し候《そうろ》ふひとを、わが弟子《でし》と申《もう》すこと、きはめたる荒涼《こうりょう》のことなり。つくべき縁《えん》あればともなひ、はなるべき縁《えん》あればはなるることのあるをも、師《し》をそむきて、ひとにつれて念仏《ねんぶつ》すれば、往生《おうじょう》すべからざるものなりなんどいふこと、不可説《ふかせつ》なり。

春宵《しゅんしょう》や師匠《ししょう》は持てど弟子《でし》持たず

「親鸞《しんらん》は弟子《でし》一人《いちにん》ももたず候《そうろ》ふ」、このことも当時だけにとどまらず、現在においても一旦は「ええーっ、何でや？」と思わない人はおられないのではないでしょうか。もともと他力のみ教えは自力の否定から始まるものであり、つまり自分の手柄の余地は全くないのでありますが、往生《おうじょう》成仏《じょうぶつ》についてもすべて阿弥陀仏《あみだぶつ》の御《おん》もよおしですから、弟子といえどもあくまでも阿弥陀仏の弟子なのであります。「弥陀の御もよほしにあづかつて念仏申し候ふひと」「如来《にょらい》よりたまはりたる信心」。

〈第六条 ②〉

如来《にょらい》よりたまはりたる信心《しんじん》を、わがものがほに、とりかへさんと申《もう》すにや。かへすがへすもあるべからざることなり。自《じ》然《ねん》のことわりにあひかなはば、仏恩《ぶっとん》をもしり、また師《し》の恩《おん》をもしるべきなりと云々《うんぬん》。

仏《ぶつ》の恩《おん》師の恩深し春の湖《うみ》

弟子《でし》の取り合いと言っては何ですが、この現象は改めて探す必要がないほどに日常茶飯《にちじょうさはん》に見られます。どの業界でも枚挙《まいきょ》にいとまはありません。しかしここでの親鸞聖人《しんらんしょうにん》のお言葉は、ご法座でのことです。その理由はすでに前項で明らかになっていますが、偉いお坊さん方の間でも時として見受けることがあります。否《いな》むしろ偉い方ほどこの弊《へい》に陥《おちい》りがちなのです。破門《はもん》騒動や御家争いは人間界の限界なのか、はたまた自力の限界なのか。

〈第七条①〉

念仏者《ねんぶつしゃ》は無礙《むげ》の一道《いちどう》なり。そのいはれいかんとならば、信心《しんじん》の行者《ぎょうじゃ》には、天神《てんじん》・地祇《じぎ》も敬伏《きょうぶく》し、魔界《まかい》・外道《げどう》も障礙《しょうげ》することなし。

春の宵《よい》こはいもんなしお念仏

「念仏者は無礙《むげ》の一道《いちどう》なり」は、お念仏をする人は無礙の一道を歩むといただくか、お念仏は無礙の一道であるといただくか。念仏者もお念仏も、どんなものにも妨《さまた》げられないという主旨には変わりはありません。では念仏者とはいったいだれのことか。実は凡夫《ぼんぶ》のことなのです。「無明煩悩《むみょうぼんのう》われらが身にみちみちて、欲もおほく、いかり、はらだち、そねみ、ねたむこころおほくひまなくして、臨終《りんじゅう》の一念《いちねん》にいたるまで、とどまらず、きえず、たえずと」（『一念多念証文《いちねんたねんしょうもん》』）。凡夫とはわたしのこと。

〈第七条 ②〉

罪悪《ざいあく》も業報《ごうほう》を感《かん》ずることあたはず、諸善《しょぜん》もおよぶことなきゆゑなりと云々《うんぬん》。

春の雪のり超《こ》え往《ゆ》くやお念仏

前項で引用の『一念多念証文《いちねんたねんしょうもん》』の続きは、「水火二河《すいかにが》のたとへにあらはれたり」です。ではそんな凡夫《ぼんぶ》がなぜ無礙《むげ》の一道《いちどう》を歩むことができるのでしょうか。この「二河白道《にがびゃくどう》」という二つの河に挟《はさ》まれた細くて白い道を、進むことも退《しりぞ》くこともとどまることもできない人に、阿弥陀如来《あみだにょらい》の来いというお喚《よ》び声と釈迦如来《しゃかにょらい》の往《ゆ》けという発遣《はっけん》の声が聞こえたのです。念仏者は阿弥陀仏の無礙なるはたらきの中に入ったので、念仏する凡夫のまま無礙の一道を歩めるのであります。

〈第八条①〉

念仏《ねんぶつ》は行者《ぎょうじゃ》のために、非行《ひぎょう》・非善《ひぜん》なり。わがはからひにて行《ぎょう》ずるにあらざれば、非行《ひぎょう》といふ。

念仏は行《ぎょう》にあらずと春の山

お念仏は通常「南無阿弥陀仏」と称《とな》えるものです。もともとは仏を念じる、つまり自分の心に仏を感じたり観《み》たりすることといわれていました。そして仏名《ぶつみょう》を唱《とな》えることから名号《みょうごう》を称えることになりました。さらに唯一の行《ぎょう》が「称名念仏《しょうみょうねんぶつ》」であると聞いております。しかし親鸞聖人《しんらんしょうにん》は「念仏は行者《ぎょうじゃ》のために、非行《ひぎょう》・非善《ひぜん》なり。わがはからひにて行ずるにあらざれば、非行といふ」と。自分の力で目指していく行、自力の行ではなく阿弥陀仏《あみだぶつ》のはたらきによる行なのであります。

〈第八条②〉

わがはからひにてつくる善《ぜん》にもあらざれば、非善《ひぜん》といふ。ひとへに他力《たりき》にして、自力《じりき》をはなれたるゆゑに、行者《ぎょうじゃ》のためには、非行《ひぎょう》・非善《ひぜん》なりと云々《うんぬん》。

念仏は善にもあらず春の川

「わがはからひにてつくる善にもあらざれば、非善《ひぜん》という」。だれしも善いことをすれば善い結果、または楽しい結果となり、悪いことをすれば悪い結果、または苦しい結果になるからできるだけ善いことをしようとします。しかし聖人は、たとえ善いことをしても、阿弥陀仏《あみだぶつ》の本願《ほんがん》の前では役に立たない、つまりお浄土に往《ゆ》けるとは限らないし、どんな悪も妨《さまた》げにはならないと。お念仏、称名《しょうみょう》はお喚《よ》び声、称《とな》えることは聞くこと、「まかせてくれ」を聞くことが「信心」。

〈第九条①〉

念仏《ねんぶつ》申《もう》し候《そうら》へども、踊躍歓喜《ゆやくかんぎ》のこころおろそかに候《そうろ》ふこと、またいそぎ浄土《じょうど》へまゐりたきこころの候《そうら》はぬは、いかにと候《そうろ》ふべきことにて候《そうろ》ふやらんと、申《もう》しいれて候《そうら》ひしかば、親鸞《しんらん》もこの不審《ふしん》ありつるに、唯円房《ゆいえんぼう》おなじこころにてありけり。

喜べぬゆゑに往生《おうじょう》涅槃《ねはん》寺《でら》

「念仏申し候《そうら》へども、踊躍歓喜《ゆやくかんぎ》のこころおろそかに候ふ」、〝念仏しておりましても、おどりあがるような喜びの心がそれほど湧《わ》いてきませんがなぜでしょうか〟という唯円房《ゆいえんぼう》の質問に、「親鸞《しんらん》もこの不審《ふしん》ありつるに、唯円房おなじこころにてありけり」、〝この親鸞もなぜだろうかと思っていたのですが、唯円房よ、あなたも同じ心持ちだったのですね〟と応《こた》えられました。これは驚きです。五十歳以上も離れた師ならば、「信心が足りん、そんなことでどうするんだ」との叱責《しっせき》があっても不思議《ふしぎ》ではありません。

〈第九条②〉

よくよく案《あん》じみれば、天《てん》にをどり地《ち》にをどるほどによろこぶべきことをよろこばぬにて、いよいよ往生《おうじょう》は一定《いちじょう》とおもひたまふなり。よろこぶべきこころをおさへてよろこばざるは、煩悩《ぼんのう》の所為《しょい》なり。しかるに仏《ぶつ》かねてしろしめして、煩悩《ぼんのう》具足《ぐそく》の凡夫《ぼんぶ》と仰《おお》せられたることなれば、他力《たりき》の悲願《ひがん》はかくのごとし、われらがためなりけりとしられて、いよいよたのもしくおぼゆるなり。

流氷《りゅうひょう》すわれあはれみて仏《ぶっ》おはす

続けて親鸞聖人《しんらんしょうにん》は、喜べないからこそ救われるのであるとおっしゃいます。喜ぶはずの心が抑《おさ》えられて喜べないのは煩悩《ぼんのう》のしわざであると。そうしたわたしどもであることを、阿弥陀仏《あみだぶつ》は初めから知っておられて、あらゆる煩悩を身にそなえた凡夫《ぼんぶ》であると仰《おお》せになっているのですから、本願《ほんがん》はこのようなわたしどものために、大いなる慈悲《じひ》の心でおこされたのだなあと気づかされ、ますますたのもしく思われるのであります。本願力《ほんがんりき》は大きいでなあ。

〈第九条③〉

また浄土《じょうど》へいそぎまゐりたきこころのなくて、いささか所《しょ》労《ろう》のこともあれば、死《し》なんずるやらんとこころぼそくおぼゆることも、煩悩《ぼんのう》の所為《しょい》なり。久遠劫《くおんごう》よりいままで流転《るてん》せる苦《く》悩《のう》の旧里《きゅうり》はすてがたく、いまだ生《うま》れざる安養《あんにょう》浄土《じょうど》はこひしからず候《そうろ》ふこと、まことによくよく煩悩《ぼんのう》の興盛《こうじょう》に候《そうろ》ふにこそ。なごりをしくおもへども、娑婆《しゃば》の縁《えん》尽《つ》きて、ちからなくしてをはるときに、かの土《ど》へはまゐるべきなり。（後略）

まよふても東風《こち》の旧里《きゅうり》やすてがたし

そして「久遠劫《くおんごう》よりいままで流転《るてん》せる苦悩の旧里《きゅうり》はすてがたく、いまだ生《うま》れざる安養 浄土《あんにょうじょうど》はこひしからず候《そうろ》ふ」と。これも煩悩《ぼんのう》のせいだとの仰《おお》せですが、ちょっとした病気でも死ぬのではないかと心配したり、この世にいくら未練があってもやがて力尽きて浄土へ往《ゆ》かなければならないのだとの心境の吐露《とろ》は、まさにご自身に対して真っ正直であり、ご自身を愚禿親鸞《ぐとくしんらん》と呼ばれ、煩《ぼん》悩具足《のうぐそく》の凡夫《ぼんぶ》であり、非僧非俗《ひそうひぞく》であると一点のごまかしもない姿をさらされています。

〈第十条〉

念仏《ねんぶつ》には無義《むぎ》をもつて義《ぎ》とす。不可称不可説不可思議《ふかしょうふかせつふかしぎ》のゆゑにと仰《おお》せ候《そうら》ひき。（後略）

はからひのなきお念仏麦を踏む

「念仏は無義《むぎ》をもつて義《ぎ》とす。不可称不可説不可思議《ふかしょうふかせつふかしぎ》のゆゑにと仰《おお》せ候《そうら》ひき」。本願他力《ほんがんたりき》の念仏においては、自力のはからいがまじらないことを根本の法義《ほうぎ》とします。なぜなら、念仏ははからいを超えており、讃え尽くすことも、説き尽くすことも、心でおもいはかることもできないからですと、親鸞聖人《しんらんしょうにん》は仰せになりました。阿弥陀仏《あみだぶつ》の願いのはたらきのままが他力です。「私がおまかせする」のではなく「弥陀にまかせてくれ」なのです。

おわりに

最後までお読みいただき、ありがとうございます。

結論めいたことになりますが、親鸞聖人《しんらんしょうにん》はさらに次のように仰《おお》せであります。

すなわち、お念仏も信心も阿弥陀《あみだ》様の独り働き、つまり阿弥陀様から回《え》向《こう》されたものであり、衆生《しゅじょう》は煩悩《ぼんのう》を抱《かか》えたまま阿弥陀様におまかせすることによって、命終《みょうじゅう》には往生成仏《おうじょうじょうぶつ》することがいま現生《げんしょう》において決定《けつじょう》するのであると。

これがいわゆる現生正定聚《げんしょうしょうじょうじゅ》であり親鸞教義の一大特徴なのでありま

す。人間は罪悪深重《ざいあくじんじゅう》なる存在であり、私には真実のかけらもないと聖人はおっしゃっているのです。

この厳しいまなざし、視点は聖徳太子《しょうとくたいし》の「世間虚仮《せけんこけ》　唯仏是真《ゆいぶつぜしん》」のお言葉に通じます。聖人の聖徳太子信仰といいますか、太子への尊崇《そんすう》の念は、沢山の聖徳太子和讃《わさん》に如実《にょじつ》に表現されております。

仏道《ぶつどう》つまり仏法とは、「生老病死《しょうろうびょうし》」も含まれるのでありますが、戦争中の衆生も平和の中の衆生も、あらゆる衆生を救ってくださる阿弥陀仏によって「五逆《ごぎゃく》」も「誹謗正法《ひほうしょうぼう》」も分け隔てなくお浄土に往《ゆ》き生まれさせていただく法であり、仏と成らせいただく道なのです。

食前の「多くのいのちと、みなさまのおかげにより、このごちそうにめぐまれました。深くご恩を喜び、ありがたくいただきます」の言葉通りなのであります。

仏道を歩むとは、何か特別なことをやらねばならないとか、別の人間になることではないのです。多くの命を頂戴せずには生きてはいけないことに気づかされ、皆様方のお手を煩《わずら》わせなければ生きてはいけないことにも気づかされ、そのご恩に感謝しながら、各々の仕事を通じて社会に役立っていく日常生活そのものが、仏法に沿った念仏者の生き方なのであります。

あえて結論を言えば、「聞其名号《もんごみょうごう》」つまり諸仏《しょぶつ》が讃歎《さんだん》しておられる本願《ほんがん》の名号《みょうごう》「南無阿弥陀仏」のおいわれ（汝《なんじ》をすくう）を聞くことが「往生の定まりたる証拠」（蓮如上人《れんにょしょうにん》）なのであります。我々にとっては往生させていただく証拠＝南無阿弥陀仏以外に仏に成る道はないのであります。

さて、新型コロナ禍で世の中及び生活そのものが、大きな影響を受けて様変わりしましたが、私にとりまして、今回の出版プロセスには紆余《うよ》曲《きょく》折《せつ》があり過ぎました。

と申しますのは、まず、跋文《ばつぶん》及びコメント等の依頼段階での躓《つまず》き、強《し》いて言えば先方様の反応にどう対応すればよいのかわからず、ただ時間ばかりが経過するという次第。次には、既刊本を出版していただいていた会社の機関誌の休刊に続いての解散、それに新たに出版していただける見込みの会社との商談の不成立、さらには第三候補の出版会社の探索等、精根尽き果てて出版そのものを断念する寸前まで追い込まれました。

あれやこれやでそれこそ路頭に迷っている時、ふと我に返って、既刊本の元編集者のことを思い出し、さっそく電話をしてみますと今は自宅で、「自照社」名で、パンフレットなど印刷物の製作や、本作りもやっているとのこと。「以前ほどは手広くはできないがやってみる」との了解を取り付け、この度の出版に数年越しで辿り着いたという次第であります。

何事も機が熟さないことには成就《じょうじゅ》しないとは聞いておりましたが、まさにその通りの道筋を踏まねばならなかったのです。

そのおかげさまで、各々のお聖教《しょうぎょう》のご文《もん》を味わわせていただく運びとなり、どこをうろついておるのか自分ですらわからない私を、いろんな手立てでお導きいただいた仏縁《ぶつえん》に深謝いたしますとともに、出版の労をお取りいただきました鹿苑誓史氏をはじめ、今回の出版プロセスでいろいろとお世話になり、ご縁をいただいたすべての方々、それに最後までお読みいただき、お付き合いいただいた有縁《うえん》の方々に、心より御礼申し上げる次第でございます。本当にありがとうございました。

南無阿弥陀仏

令和三年四月三十日

親鸞聖人および唯円大徳の還相回向に深謝しつゝ

参考文献＆法座等（敬称略）

浄土真宗聖典　註釈版	教学伝道研究センター	本願寺出版社
〃　七祖篇	〃	〃
〃　勤行集	教学振興委員会	〃
聖典セミナー　無量寿経	稲城選恵	〃
〃　阿弥陀経	瓜生津隆真	〃
浄土三部経　無量寿経	中村　元　等	岩波書店
〃　観無量寿経　阿弥陀経	〃	〃
観無量寿経	佐藤春夫	筑摩書房
教行信証	梯　實圓	岩波書店
〃	金子大栄	〃
教行信証の意訳と解説	高木照良	永田文昌堂
聖典セミナー　浄土和讃	黒田覚忍	本願寺出版社
〃　正像末和讃	浅井成海	〃

聖典セミナー　尊号真像銘文　白川晴顕　本願寺出版社
阿弥陀経法話　小山法城　よび声社
他力のすくい　〃　あそか書林
地獄と極楽　稲城選恵　法蔵館
親鸞聖人の信心と念仏　梯　實圓　自照社出版
親鸞　〃　大法輪閣
さんじゅ　利井聰子　常見寺
親鸞　吉本隆明　春秋社
吉本隆明が語る親鸞　〃　糸井重里事務所
今に生きる親鸞　〃　講談社
悪人正機　糸井重里　等　新潮社
親鸞と悪　本多弘之　春秋社
正信偈の講話　暁烏　敏　法蔵館
正信偈　教学研究所　東本願寺
お浄土からのたより　釈　選恵　光蓮寺
浄土教入門　浅井成海　本願寺出版社

真宗を学ぶ	浅井成海	永田文昌堂
いのちを生きる	〃	法蔵館
浄土真宗のご利益	〃	探究社
浄土を願って生きる	浅井成海 等	自照社出版
ただ念仏に聞く	浅井成海 等	自照社出版
仏教のこころ　念仏のこころ	〃	法蔵館
浄土教の教理史的研究	山本仏骨	永田文昌堂
信への道	井上善右衛門	自照社出版
無題録	杉　紫朗	百華苑
親鸞へのひとすじの道	花岡大学	探究社
歎異抄の真髄	稲垣瑞劔	百華苑
本願力は大きいでなあ	〃	法雷会
信仰とその体験	那須行英	百華苑
真実の救済	曽我量深	文明堂
仏の発見	梅原　猛 等	平凡社
親鸞の浄土	山折哲雄	アートデイズ

浄土教教理史	石田充之	平楽寺書店
桐谷和上最後の法話	桐渓順忍	教育新潮社
仏教を知る	水谷幸正	浄土宗
清沢満之文集	松原祐善　等	法蔵館
親鸞と学的精神	今村仁司	岩波書店
法然親鸞一遍	釈　徹宗	新潮社
はじめたばかりの浄土真宗	内田　樹　等	本願寺出版社
いきなりはじめる浄土真宗	〃	〃
蓮如文集	笠原一男	岩波書店
蓮如	百瀬明治	学習研究社
最澄空海親鸞	梅原　猛	小学館
法然の哀しみ	〃	〃
日本仏教をゆく	〃	朝日新聞社
仏教	〃	〃
仏になろう	〃	〃
蓮如	五木寛之	岩波書店

他力	五木寛之	講談社
日本人のこころ	〃	〃
大河の一滴	〃	幻冬舎
人間の運命	〃	東京書籍
正信偈　龍谷大学講座	高田文英	龍谷大学
教行信証　〃	三栗章夫	〃
〃　真宗の成人講座	利井唯明　等	常見寺
〃　法雷	那須円照	遠久寺
歎異抄　ＮＨＫ京都講座	浅井成海	ＮＨＫ
〃　西山短期大学講座	〃	西山短期大学
歎異抄のこころ	山本仏骨述	永田文昌堂
歎異抄講讃	藤　秀璻	百華苑
歎異抄　聖典セミナー	梯　實圓	本願寺出版社
歎異抄　現代語訳付	〃　解説	〃
歎異鈔講話	瓜生津隆雄	大法輪閣
歎異抄講話	石田慶和	法藏館

人生と歎異抄	大原性実	永田文昌堂
歎異抄入門	梅原　猛	プレジデント社
私訳歎異抄	五木寛之	東京書籍
歎異抄事典	林　信康　等	柏書房
歎異抄講話	暁烏　敏	講談社
歎異抄聴記	曽我量深	東本願寺出版部
歎異抄	金子大栄	徳間書店
歎異抄を語る	山崎龍明	NHK出版
歎異抄	高　史明	〃
歎異抄と私　龍谷大学講座	高田未明	龍谷大学
歎異抄を学ぶ　〃	岡崎秀麿	〃
浄土和讃　〃	堀　祐彰	〃
正信念仏偈　〃	貫名　譲	〃
教行信証と御文章　光蓮寺法座	阿部信幾	光蓮寺
〃　等　〃	稲城選恵	〃

等々

【著者略歴】
橋本半風子（はんぷうし　本名 光市《こういち》）
1941年　滋賀県安土に生まれる
1960年　彦根東高等学校卒業
1964年　同志社大学経済学部卒業
コカ・コーラ社入社
（営業　経理　コンピュータ　監査等　担当）
1970年　結婚　爾来　大阪府守口市在住
2001年　定年退職　現在に至る

〔著書〕
『他力の五七五　生かされて生きぬく』
『他力の五七五　いつでも どこでも だれでも』
『他力の五七五　ここから そして ここへ』
『他力の五七五　たゞ なもあみだ』
以上　全て　自照社出版

【装画】
橋　本　　静（しず　半風子の母）
1997年　88歳にて往生

他力の五七五
―「正信偈」・和讃・『歎異抄』に聞く―
2021年４月30日　第１刷発行

著　者　橋本半風子
発行者　鹿 苑 誓 史
発行所　合同会社 自照社
〒520-0112 滋賀県大津市日吉台4-3-7
tel:077-507-8209 fax:077-507-9926
印　刷　亜細亜印刷株式会社

ISBN978-4-910494-01-2